Undine Leverkuehn

FREI – SCHWIMMER

Impressum:

© 2018 Undine Leverkuehn

Layout Buchblock und Umschlag: Angelika Fleckenstein; spotsrock.de

Illustrationen: www.pixabay.com

Verlag und Druck: tredition GmbH, Halenreie 40-44, 22359 Hamburg

ISBN Taschenbuch:978-3-7469-0318-7

ISBN Hardcover: 978-3-7469-0319-4

ISBN eBook: 978-3-7469-0320-0

Bibliografische Information der Deutschen Nationalbibliothek: Die Deutsche Nationalbibliothek verzeichnet diese Publikation in der Deutschen Nationalbibliografie; detaillierte bibliografische Daten sind im Internet über http://dnb.d-nb.de abrufbar.

Undine Leverkuehn

FREI – SCHWIMMER

Übersicht

Verzeichnis der Gedichte und Verse

VERSE, SINNSPRÜCHE

UND

REFLEXIONEN

Jenseits der Vereinbarkeit

Dunkel ist die Gier nach Macht,
rein das Streben der Vernunft. –
Wer beiden da entgegenlacht,
hat letztlich keine Unterkunft.

Skepsis angebracht

Was Völker, scheinbar Welten eint,
schafft jenseits aller Klarheit
auch Zweifel. –
Was im Netz erscheint,
ist nicht Garant für Wahrheit.

Die Tat, das Wort – am rechten Ort

Den Berg erklimmen, in des Meeres
tief verborgnes Dunkel tauchen –
was du auch unternimmst, bewähre
dich, ohne jenes Wörtchen ‚Ehre'
dabei grundlos zu missbrauchen.

🚌 ① 🚌 ① 🚌 ① 🚌 ① 🚌

Mut zum Aufbruch

Nimm Reißaus aus deinem Zwinger,
werde Bote, Überbringer
dessen, was in dir sich regt,
tief dein Innerstes bewegt.

Jenseits des Pessimismus

Steht dir das Wasser manchmal bis
zum Hals,
so gehe davon aus, dass Schwimmen länger
fit hält. – Bei bescheidenem Gehalts-
Scheck spute dich und schnall den Gürtel enger –
so land'st du nicht im Sog der
Rattenfänger.

Leben und leben lassen

Aus welchem Stall einer gekrochen
und welche Gene welcher Rassen
Versatz-Stück sind in seinen Knochen
ist schnurz – lass ihn sein Süppchen kochen.
Den, der da anders ist, soll man
nicht hassen.
Das Motto gilt: leben und leben lassen.

Jenseits des Merkantilen

Ist dir kein Reichtum in der Welt beschieden,
so lebe doch dein Leben nach dem
Motto:
das Bündnis mit dem innren Seelenfrieden
ist besser als sechs Richtige im Lotto.

Jenseits der Begrenzung

Wenn beengter Lebensraum,
der Begrenzung Fessel, Schranke,
dich entfernt vom Lebenstraum,
werde – über Zeit und Saum
hinaus – das, was du bist:
Gedanke.

Lebensperspektive

Wenn du nicht als Überflieger,
Star und heldenhafter Sieger
in die Welt geboren bist,
werde – fern von Falschheit, List
und Trug – nur was du
selber bist.

Ein Ausweg, aber ach, ein Ausweg nur!

Wenn dich – geschwächt und schlecht

geerdet –

des Lebens Lebensdrang gefährdet,

bedenk: das Wirken der Natur

ist doch vielleicht

'ein Schauspiel nur'.[1]

Kein Grund zum Überschwang

Wenn du – gestärkt und jung an Jahren –

bisher im Leben Glück erfahren,

bedenk: das Schicksal kennt wohl beide –

die Licht- wie auch die Schattenseite.

Verfremdungseffekt

Zivilisationen schaffen aus dem,

was deine Seelenkraft gebiert –

ein Blendwerk, das geglättet

dir bequem

zum vorzeigbaren Spiegel wird.

---

[1] J. W. Goethe, Faust und Urfaust, S. 15, Stuttgart 1966 (Kröner)

Spiegelung

Wenn dort der Woge Brandungsfeuer
des Chaos Wagnis, Abenteuer
weckt, dunkle Gier in dir entfacht,
erkühnt dich ein verwegnes Feuer,
schwingt dich hinab in jene Nacht
der abgründigen Ungeheuer.

Die Gabe

Deines Lebens Hochgewinn
ist der wunderbare Sinn,
dir selbst und andern zu vertrauen,
die Schönheit dieser Welt zu schauen.

Mit den besten Wünschen

Bewohn ein Dörfchen nah an Feld und Wald;
zum Lebensglück möge dein Aufenthalt
dir werden. – Spürst du dann in treuen, frommen
Augen des Gefährten Frohsinn, Halt –
dann bist du endlich auf den Hund gekommen.

Des Menschen bester Freund

Von der Berechnung trügerischer List
befreit – wer da ein Freund des Menschen ist.
Er steht zu dir in Freud und Leid,
verlängert deine Lebenszeit.

Heimat

Heimat finden, heimisch werden –
Ursprung, Ziel und Heim und Hort
erfahr'n in Wirkkraft, Tat und Wort –
das ist ein hohes Ziel auf Erden.

Heimliche Gründe

Groß das Hochgefühl, die Freude,
wenn in deinem Hier und Heute
Bäume gegen Himmel ragen,
Spross und Sprössling
Wurzel schlagen.

Heimat und Welt

In den heimatlichen Gründen
magst du deinen Ursprung finden –
dort im Grund verwegner Hecken
deine eigne Welt
entdecken.

All-Verbundenheit

Unter hohem Sternenzelt
auf der heimatlichen Erde
bist dem Kosmos du, der Welt
verbunden – ewigem ,Es werde'.

Die Verpflichtung

Werden Hecken und Gestrüpp zur Last
auf deinem Weg – vermeide jede Hast.
Denn dringlicher als jede Welt-Erfahrung
bist du verpflichtet deiner Selbst-Bewahrung.

Mut zum Optimismus

Bleib nicht in den Dornenhecken
deines Lebensweges stecken.
Rosen sind's, die dich erbauen,
wenn sie des Menschen
Antlitz schauen.

Jenseits der etablierten
Gesellschaft

Eine stolze Pferde-Närrin –
weder Welt-Dame noch Herrin –
ist in ihrem Element,
wenn sie des Tieres
Sprache kennt.

Hinter der Fassade

Lern das Wesen deiner Katze
kennen – hinter ihrer Tatze
tigerart'ger Siegesspur
steckt die sensible Kreatur.
Wenn dir an diesem Wesen liegt,
so wisse: die Fassade trügt.

Jenseits der Wirklichkeit

Wenn in diesem Welttheater
tugendhaft der Übervater
sich vorm Schmutz der Erde ziert,
sag getrost: „Ich bin gerührt!"

Auf der Bühne des Lebens

Zelle, DNA, Mikrobe,
Elektronen, Quarks
und Quanten,
eines Richters schwarze Robe,
Menschen, die im Regen standen,
Fisch und Sperling, Wal
und Ross –
keines ist bedeutungslos.

Welt des Scheins

Vom Schicksal anscheinend betrogen,
vom Zeitenspiegel aufgesogen,
erscheint so manche Existenz
gar unbedeutend. – Doch wie gänzlich
neu erglänzt sie in dem Licht,
das schillernd durch die Scheiben bricht.

Auf Augenhöhe

Bist du Spross aus Dynastien

oder nur ein armer Wicht –

seinem Auftrag zu entfliehen

gilt dem Ruf der Flügel nicht.

Ohne Unterschied

Mit Denk- und Wirkkraft ausgestattet –

was uns reich macht –

sind wir dem Schicksal ausgeliefert –

was uns gleich macht.

Folgen einer Geisteshaltung

Verwundbar durch den Sturm der Zeit

erscheint des Menschen Mühen

um Glauben an Unsterblichkeit der Seele zu verglühen. –

Wenn man ausschließlich den Verstand befragt,

gewinnt an Einfluss, was man

hier beklagt.

Rückzug

Wahrhaftigkeit kennt in der Welt
das ‚Ja' so wie das ‚Nein'. –
Doch da meist die Gewissheit fehlt,
lässt man sich nicht drauf ein.

Entfremdung

Wenn der Geist das Leben flieht,
hörst du manches Klagelied –
basieren Spaltungen
und Schismen
doch letztlich auf den Dualismen.

Jenseits der Kultur

Durchtränkt von Egozentrik ist,
was dich ans Leben bindet.
Des Enthusiasmus edles Rüst-
zeug nach und nach erblindet,
wo triebgeschwängert
Lebenswille
sich klammert an des Körpers
Hülle.

Ohne Gnade

Ohne Gnade gnadenlos

geworfen sein ins Ungewisse –

Unausweichlichkeit dein Los –

verweilen in der Finsternis.

Reinigung

Die Wunden, die der Tag geschlagen –

sie müssen, durch die Nacht getragen,

in Träumen dich erbeben lassen

und in das Jenseits führ'n von klagen,

begehren, leiden, lieben, hassen.

Träume

Das, was dich am Leben hält,

wenn du auch am Leben zweifelst,

sind die Träume, ihre Welt –

selbst dann, wenn du sie verteufelst.

Träume als Weggefährten

Durch Bilder, durch Symbole schreitend,
durch Dunkel dich und Nacht begleitend,
sind Träume beste Weggefährten,
zu neuen, frischen, unversehrten
reinigenden Quellen leitend.

Erwachen

Wenn morgendlicher Freudenchor
des Vogelsangs dein ausgereift
Verlangen, dein Gemüt ergreift,
trittst du aus deiner Nacht
hervor.

Im Fluss

Was dich beglückt, was dich verletzt,
was dich entzückt – es ist vernetzt:
das Glück, das Leid – der Raum, die Zeit –
in ständiger Beweglichkeit.

Im Strom

Der Strom deiner Gedanken, seine Schnelle,
wie das, was dich zum Wanken bringt – die Quelle
des Übels – das dich, ach, so unbequeme
Wege führt, das limbische System,
ist Quant, ist Teilchen, Welle.

Im Speicher

Sich von einer Eigenschaft zu distanzieren
bedeutet nicht: für immer sie verlieren. –
Nichts Gewähltes, das wir je erkoren,
nichts, was wir erlebt, geht je verloren.

Die weite Reise

Fern von weinen, fern von
klagen,
fern davon ‚leb wohl‘ zu sagen,
bist am Nordpol du vereist.
Weit bist du – zu weit
gereist.

Jenseits der Maskerade

Wenn da eine Grille zirpt,
dir nicht zur Erheiterung,
dich ein falscher Freund
umwirbt –
betracht es
als Erweiterung.

Aus dem Kühl-Fach

Wenn, allein durch Hörensagen
motiviert, einer mit Fragen
dich nervt, genügen Wort und Ton
zu eisgekühlter Reaktion,
um gradewegs adieu zu sagen.

Auf der Speisekarte

Erwünscht auf der Geburtstagsfeier
ist alles – nur nicht Spiegeleier. –
Geschönt, geglättet und gespiegelt
bleibst du dem Lebensdrang versiegelt.

Natur, Kultur und Zivilisation

Fern jeder gleisnerischen Maske
stehen menschliche Natur,
der Schönheit Harmonie, das Gleichmaß
der bewältigten Kultur. –
Zu heuchlerischem, angepasstem Ton
verkommt die bloße Zivilisation.

Zur Behandlung
von Gleichgewichtsstörung

Hör auf der inneren Stimme Hallen
des Echos aus der Welt der Fülle. –
Nichts kann dem Laster so verfallen
wie ein zu tugendhafter Wille.

Tugendfrei

Wenn du die Tugend nicht direkt gepachtet,
der Mensch der alten Ethik dich verachtet,
so wisse: in der Laster Star-Tabelle
steht Überheblichkeit an erster Stelle.

Jenseits des Sprechaktes

Die Aussage, der Satz, die Worte
sind wichtig. – Aber ach, sie können
dich nicht, wenn Kräfte dir versagen
und Welten dich von Helfern trennen,
rettend ans andre Ufer tragen,
schon gar nicht hin zur
sichren Pforte.

Warnung

Blick nicht herab vom hohen Ross,
wenn manches dir gelingen mag.
Die Nacht folgt notwendig dem Tag. –
Kein Leben ist bedeutungslos.

Jenseits der Frustration

Wenn du – fern der grünen Welle –
stets blockiert bist, dir die Felle
fortschwimmen, vergiss es nicht:
wachen Durchblicks offne Helle
öffnet dir die klare Sicht.

Der Begleiter

Wenn dich Welten, Wurmlöcher, Antennen
von den Menschen deines Umfelds trennen,
denk: die innre Stimme ist dir schon
seit Urzeiten Begleitperson.

Schein-Existenz

Das Leben ist ein Rollenspiel;
das Rollen-Spielen führt zum Ziel,
wenn der Erfolg dir einverleibt.
Doch leider – in der dunklen Ecke –
wird übersehn, was auf der Strecke
zurück, verhüllt, verborgen bleibt.

Mut zur Hoffnung

Wenn das, was dich zum Star gemacht,
verunglimpft wird und über Nacht
dein weitrer Lebensweg in Frage
steht, vermeide jede Klage.
Das Leben – selbst in düstrer Zeit –
hält Überraschungen bereit.

Umkehr

Was nützen dir denn Millionen zum Glück,
wenn dort das Glück der Millionen
gefährdet ist, die da gebeutelt, gebückt,
denselben Erdkreis bewohnen. –
Befreie dich von der Bereicherung Gier
auf dem Weg der Metamorphose
zum Wir.

Fragwürdig

Fragwürdig ist die Wahl des schwer
Erreichbaren, wenn nur der Stolz
dich treibt. – Bist du aus diesem Holz
geschnitzt, dann bleibt dein
Leben leer.

Jenseits der Selbstverleugnung

Verneine ohne Verbeugung,
bejahe mit Überzeugung. –
Nein sagen zu den berüchtigten Herden
ist besser als ein Ja-Sager
werden.

Leben im Dunkel

Wenn man lebt als Lebemann,
lebt, solang man leben kann,
wird Gesundheit – welch ein Jammer –
permanent zur Dunkelkammer.

Daneben

Wenn einer deine Position verneint,
ist er zwar Gegner – doch nicht Lebensfeind, -
Wer Ansicht, Meinung, Standpunkt für
das Leben
hält – der liegt daneben.

Fern von Spiegel und von Siegel

Wenn der Spiegel dir zerbricht
und das letzte Siegel nicht
mehr Geheimhaltung verspricht,
sieh das Individuelle
auf der Wanderung zur Quelle
jetzt in einem andern Licht.

Ein unerreichbares Ziel

Wem auch immer du begegnest,

ob er Freund, ob er verhasst,

ob du ihn von ferne segnest –

leg's dem Schicksal nicht zur Last,

wenn du niemals den gefunden,

an dem Geist, Gemüt gesunden.

Die Konsequenz

Gewiss – du schmiedest dein – vielleicht auch

anderer Glück. –

Allein die Suche nach dem echten Gegenstück

kann nur bedingt gelingen. –

Doch kämpfe um den Weg, bis du ihn aufgespürt,

der zu dir selbst, der dich ins eigne

Innere führt –

ein Trost in allen Dingen.

Morgen der Hoffnung

Wenn der Abend dir die Sorgen
glanzlos an die Scheiben malt,
weißt du doch: es kommt ein Morgen,
der die Zeit, die dich geborgen,
glanzvoll dir entgegenstrahlt.

Auf der Suche nach Stabilität

Suche Klarheit in des Morgens Kühle –
fern der mittäglichen Glut,
fern dem brausend schäumenden Gewühle
starker Brandung. – In dir ruht
die Kraft zum Neubeginn, der Mut
zur Lösung von des Zeitenwandels Hülle.

Der neue Morgen

Wenn dir das Lied der Lerche auch erklingt,
der Horizont mit Pracht sich zu entriegeln
beginnt – was dir der neue Morgen bringt –
es ist zunächst ein Buch mit sieben Siegeln.

Abgründe

Wenn, von Glücksgefühl umwittert,

unbekannter Wallung Glut

abgründig in dir erzittert –

dann sei auf der Hut!

Vorsicht!

Erlebtes Glück ist oft nur Illusion –

nicht mit der innren Stimme gleichzusetzen.

Drum spute dich und schleiche dich davon –

bevor die Glücksgefühle dich verletzen.

Rosse und Wagenlenker

Erfahrungen besonderer Weise,

die von vermeintlich sichrem

Gleise

mit wildem Ansturm dich zu stoßen

scheinen, gleichen jenen

Rossen,

die Wagenlenker gern verdrießen

und noch gebändigt werden müssen.

Im Strom des Lebens

Schulen sind es, Universitäten,
die im Strom des Lebens sich verspäten. –
Nicht durch Formeln vorgegebne Gleise
führ'n dich durch den Dschungel
deiner Reise.

Schule des Lebens

Denkkraft – hoch sei sie gepriesen –
doch das Leben dir versüßen
kann sie nur bedingt. –
Staub beseitigen in Ecken,
vor Verrätern dich verstecken,
wenn sie dich gelinkt –
ist nicht grad ein
Honig-Schlecken.

Risiko

Pfade im Dickicht des Lebens –
risikofrei – vergebens
suchst du. – Begib dich ins Netz,
so wird die Gefahr
zum Gesetz.

Abhängigkeit

Erlaube niemandem, dich zu bekochen,
wenn du die Furcht, man könnt dich unterjochen,
kennst. – Denn sonst erfährst du Tag und Nacht,
wie abhängig dich der Geschmackssinn macht.

Atavismus

Mögen dir Fortschritt und Technik das Leben
so sinnvoll wie möglich gestalten. – Gegeben
ist dir noch neben dem Stolz deiner Stirn
die Anbindung an das Reptilien-Gehirn.

Vernetzung

Nicht losgelöst bist du vom Kind
in dir, wenn du der Großhirnrinde
ganz ausschließlich Beachtung schenkst. –
Die Heimsuchung durch Emotionen
im Zug vernetzender Neuronen
erfolgt viel schneller, als du denkst.

Die Meisterschaft

Ob du von allen guten Geistern
verlassen bist, ob fern der Gunst –
nur eines gilt: das Leben meistern!
Das ist die allergrößte Kunst.

Nicht aus demselben Holze

Die Wahrung des Stolzes, das Streben nach
Glück
sind nicht eines Holzes gemeinsames Stück. –
Es bringt dich im Leben wohl beides voran.
Wohl dem, der die Ebnen verbinden
kann.

LINTER – IMPRESSIONEN

Garten-Bewohner

Wenn sich im Hauch der frischen

Frühlingslüfte

ganz leis die leichten Äste biegen,

gemächlich dich der Blumen

sanfte Düfte

befreit aus Schlaf und Schlummer

wiegen,

lockt heiterer Willkommensgruß,

erwacht zu festlich frohem

Frühgesang

ein feierliches Tönen, Jubilieren,

ein zwitscherndes Frohlocken,

Musizieren

von hellem, lauterstem und reinstem

Klang –

dem Morgen und der Welt zum Gruß.

Morgengruß aus Linter

So jung, so rein die Welt und frei von Sorgen
beim Frühchoral der Vögel über Feld
und Wald. – Begrüße deinen neuen Morgen!
Und wenn das Wirken der Natur, beseelt
aufjauchzend, dich in lichte Höhen schwingt,
sei du es, der den Tag besingt.

Östlich von Linter

Östlich der gepflegten Häuser – weiß
und backsteinfarben – individuell
in ihrem Bau, dehnt sich und grünt der
Kreis.
Es strahlt das Feld, die Flur, vom Glanze hell.
Das Auge weitet sich, die Schritte werden leicht;
der Fernpunkt deines Blicks jedoch bleibt
unerreicht.

Feld und Wald

Es schweigt das Aug. Der Blick

verzeichnet Winter

wie Sommer Botschaften vom großen

Überblick.

Auf freier Flur im Nordosten

von Linter

wird Sehnsucht nach der Weite

zum Geschick.

Anheimelnd blickt nordwestlich

hinterm Feld

das Linterer Wäldchen – eine neue

Welt –

ein schattiges Vergnügen – ohne Fragen

ein Hochgenuss an hitzig schwülen Tagen.

Manch schmaler Pfad, manche verschlungne

Spur

werden zum Eigen deiner innren Uhr.

Natur pur

Wer von Tannen, Fichten und Zypressen,
von des Baums naturgegebnem Recht
rings umgürtet, kann wohl kaum ermessen
im Verwoben-Sein in das Geflecht
der Natur die Mannigfaltigkeit –
ward sie doch zur
Selbstverständlichkeit.

Waldspaziergang

Du wanderst durch des Laubwalds dichte
Fülle,
durch Unterholz hindurch, verengter Spur
entgegen, streifst bald deine alte Hülle
ab, wächst und wandelst dich – mit der
Natur
im Bunde. Du spürst endlich allerorten:
bist ja selbst ein Teil des Walds geworden.

Heimatgrund

Heimatgrund, wie nie zuvor

empfunden,

zieht Ihr uns in Euren Bann;

lasst an Euren Wurzeln uns

gesunden.

Lärchen, lichtes Sprießen, hoher Tannen

Wuchs und stämmigen Laubbaums

Macht

heben jubelnd Schritte, fesseln Stunden,

künden von des Lichtes

Pracht.

Idylle

'wünsche' werden kleingeschrieben –

überflüss'ger Restbestand,

wo der Wälder stilles Wiegen

waltet über Dorf und Land.

Hoffe der, dem Glück gegeben,

der da lebt im Eichengrund,

dass des Waldes dichtes Weben

ihn erquick aus Herzensgrund.

Westlich von Linter

Pfade laden ein und
Wege rufen.
Du vergisst Termin und Zeit
und Frist.
Wirkkraftsteigernd wachsen
Weltenstufen
westwärts, wo der Wald
am schönsten ist.
Nach Verweilen drängt
der Augen Blick,
wird zur Hoffnung, zu
geborgtem Glück.

Westwärts

Westwärts führen dich die Wege
aus dem Heimatort hinaus –
über Stolperstein und Stege,
hohe Kunst des Städtebaus,
tragen dich auf lichte Höhe,
in des Hohen Domes Nähe:
zu des Wortes Ew'gem Haus.

IMPULSE

Glückwunsch-Gedichte

Aufschwung

(zum Geburtstag)

Erfülltheit durch des Lebens Kraft,
das in dir pulst und wirkt und schafft,
sei dir an diesem Tag gegeben.
Der Jahreswende Neuerung –
Erfrischungstrank, verjüngter Schwung –
schenk frohes Schaffen deinem Leben.

Aufschwung und Rückblick

(zum Geburtstag)

Jedes persönliche Jahresende
bedeutet Veränderung, Neuerung
Wende. –
Was du erfahren, bleibt dabei sieben-
mal siebzig Mal inwendig
eingeschrieben.

Gedanken zur Jahreswende

(zum Geburtstag)

Zu Ende ist das Lebensjahr.
Tief eingeschrieben – offenbar
dem Innren – haften seine Spuren:
jenseits der Relation von Uhren,
von Messungen, von Raum und Zeit. –
Bedenke: Du bist Ewigkeit.

Zum Geburtstag

Ein Durchblick – ungetrübt und frei
von Balken,
die Tapferkeitsmedaille eines Falken,
der Katze Wendigkeit, der große Schwung
mögen dein Leben heiter, frei und jung
erhalten. – Witz, Originalität
seien dir Weggefährten früh bis spät.

Zum Geburtstag

(Sommerzeit)

Frohsinn, Feier, Fest und Freude,
Fröhlichkeit verschönen heute
dir den Tag. – Der Sonne Licht,
das strahlend durch die Scheiben bricht,
Singen, Jubeln, Jubilieren
mögen dich das Leben spüren
lassen. – Auf die Zeit zurück
riskiere ungetrübt den Blick.

Zum Geburtstag

(Winterzeit)

Was in dieses Jahres Zeiten
dich erheitern, dich begleiten
mag – ob Wind, ob Sturm, ob
Regen,
Wandern auf verschneiten
Wegen –
möge dir den Tag verschönen,
mit dem Leben dich versöhnen.
Deinem Leben lieb und teuer
sei der Tag des Fests –
die Feier.

Mit besten Wünschen

Des Lebens größtes Gut mag dich
erhalten
und glückhaft deinen Lebensweg
gestalten,
auf dass du stets mit jener Kraft vereint
bist, die dem Leben selbstverständlich
scheint.

Geburtstagswünsche

Ich wünsche dir, dass verborgene
Wünsche den Eintritt ins Bewusste
erlangen, dass am Morgen
des neuen Lebensjahrs verkrustete
Wunden, Mühen und Sorgen
schwinden und fern von der Klagemauer
dich segne ein frischer Frühlingsschauer.

Im Hier und Heute

Heiterkeit und Lebensfreude
schenke dir dein großer Tag!
Komme, was da kommen mag –
jetzt in deinem Hier und Heute
gönne dir die schönen Stunden.
Glückstage sind – ohne Frage –
der Erinn'rung beste Kunden.

Bereit zum Neubeginn

Deines Jahres Neubeginn
schärf dein Auge, gönn dem Sinn
einen Blick ins Morgenrot. –
Heute diesen Tag genießen,
ihn mit edlem Wein begießen
und Champagner sei Gebot!

Nicht ohne Feier

Stationen auf der Lebensreise
sind Geburtstage. – Wenn leise
sie sich in dein Leben schleichen,
wirst du deinem Alltag weichen
müssen. – Frischen Auftriebs neuer
Schwung wird dir zuteil durch Feier,
Glut und Glanz. – In jeder
Lebenslage:
gönn dir den besondren Tag!

Lob der Feier

Geburtstag feiern hält dich jung.
Es ist eine Bereicherung,
ein Licht, ein Glanz in deinem Leben. –
Bei Kerzenschein das Glas erheben,
im Kreis der Freunde Glück, Geborgen-
Sein erfahren ruft Erinn'rung
wach. – Verschieb es nicht auf morgen!

Ein großes Fest

Freunde und Seelenverwandte,
Gesprächspartner, flücht'ge Bekannte –
sie seien dir nah in Gedanken
am heutigen Tag. – Ohne Schranken,
von Zweifel befreit, ohne Fürchten und Schelten
soll – soweit es möglich – die Einladung gelten
all denen, die hilfreich in deinem Leben
dir Trost gespendet und Freude gegeben.

Geburtstagsgruß

Ein langes Leben mache dich
an Festen reich, behüte dich
vor trügerischer Maske List
und sag dir, wer du selber bist.

Geburtstagsgrüße

Zum Geburtstag viele Grüße!
Lasse dir des Lebens Süße
wohl bekommen. – Manche bittere
Erfahrung – Sturm, Gewitter –
die dich ließ das Leben spüren,
mög dich zur Vollendung führen!

Lebensbewältigung

Vergiss die Bretter, die die Welt bedeuten,
vergiss die Villa auf dem Sonnenhügel. –
Es sind so oft die kleinen Alltagsfreuden
des unbeschwert geglückten Lebens Siegel.
Sei deines Lebens glücklicher Verwalter –
als Bootsmann, Pferdenarr und
Hundehalter.

Auf dem Heiratsmarkt

Bedenke wohl: ein guter Schlosser
ist nützlicher als jeder Schloss-Herr. –
Fern von Brimborium und Spiegeln
vermag er Schlösser zu entriegeln,
schärft seinen Blick an jedem Winkel,
verabscheut jeden Standesdünkel.

🚍 ① 🚍 ① 🚍 ① 🚍 ① 🚍

Eine blasse Gestalt

Sei's das Bollwerk einer Mauer,
das du überwindest
als Erfinder, als Erbauer –
wenn du nicht empfindest,
nicht berührst, was du gestaltest,
nicht erspürst, was du verwaltest,
bist du nur ein Überflieger –
kein Idol, kein Held, kein Sieger.

Jenseits des Neides

Manchem Günstling wird verziehen,
wenn ihm Künste auch versagt,
Mittelmaß – vorüberfliehend –
Puls und Lebensnerv zernagt. –
Versucht er sich als Mensch zu finden,
mag ihn der Freundschaft Band verbinden.

Entschiedenheit

Mancher sichren Lebensstellung –
von des Lebensglücks Erhellung,
ach, so meilenweit entfernt –
trotzt, wenn er sie kennen lernt,
mancher, der nicht üppige Nahrung
eintauscht gegen Selbstbewahrung.

Der große Kampf

Menschen sind in deinem Leben,
die dich lieben, dir vergeben –
selbst dann, wenn du dich betrügst. –
Lerne Schwächen eingestehen,
du wirst nicht zugrunde gehen,
wenn du dich nicht mehr belügst.

Abhängigkeit

Wenn für dein Umfeld du von vornherein –
fern von Bewährung – schon gescheitert bist,
dann bau dir keine Welt, die durch den Schein
des Öffentlichen andere verdrießt. –
Sonst lebst du, seist du Tochter oder Sohn,
dein Leben nach der Habens-Dimension –
aus Rachgier voller Ehrgeiz – aufgespießt.

Die weiche Landung

Wer in die eigne Unterwelt
niemals den Blick gewagt,
wird weder Führungskraft noch Held. –
Wenn er gekonnt versagt,
dann landet er im elfenbeinern' Turm
als Philologe, Schreiber,
Bücherwurm.

Insel-Erwachen

Brandung braust – frei von Gewissen
tobt gewaltig der Orkan.
Um dein sanftes Ruhekissen
ist es endgültig getan.

Stürme wildern um die Wette,
nähren sich von Kampf und Krieg;
ihres blinden Wütens Kette
kündet von Triumph und Sieg.

Wer zu solchem Kräfte-Messen –
wild, verwegen – nicht geboren,
tummle sich in weichen Sesseln,
stopf sich Watte in die Ohren.

Negativ reziprok

Wenn ein Toben, Pfeifen, Klirren
anwächst, bis das Haus erbebt,
wisse, dass bei solchen Wirren
etwas ist, das wirkt und lebt.

Wenn Geräusche, die du da
kaum vernimmst, dich horchen lassen,
spute dich! Du kriegst fürwahr
den Einbrecher sonst nicht zu fassen.

Wenn kein leises Lüftchen weht,
Hund und Katz und Maus und Wurm
verschwinden, sprich ein Stoßgebet –
das ist die Ruhe vor dem Sturm.

Zwei Welten

Steinschlag, Stürme und Gewitter,
Wolkenbruch, Orkan, zersplitterte
Teller, Tassen, Vasen, Schalen
können dir als Bild gefallen,
als verfilmte Phantasien,
Träume, die vorüberziehen.

Das gequält reale Leben –
angekränkelt steht's daneben,
ganz im Jenseits jener Dürste. –
Obst, Karotten, Dosenwürste
werden ihm ganz offenbar
manches Mal schon
zur Gefahr.

Jenseits des Erforschbaren

Ach, es sind die großen Kriege,
die wir oft nach innen führen,
während sogenannte Siege
eigentlich uns nicht berühren.

Warum mancher voller Sorgen
seine kleine Welt erblickt,
bleibt ihm letztlich wohl verborgen –
tief in Krypten, weit entrückt.

Schläfst du gar als Ontologe
auf 'nem sanften Ruhekissen,
suggeriert im Traum die Droge
letzter Fragen letztes Wissen.

Jenseits des Verlautbaren

Wenn du ein Fünkchen Glück geschaut,
so schweige still. – Was sich als Laut
bekundet, führt zum Bau von Brücken,
voller Lücken, unvertraut –
fern dem Ton, dem Klang, dem Glück.

Leben aus der Kunst

Das Spielen eines Instrumentes
ist für das Leben unverzichtbar. –
Deinem innren Auge sichtbar
ist das Glück, das dir vergönnt:
das Leben aus der Kunst gestalten –
Botschaft der Innenwelt erhalten.

Auf dem Meer

Möwen trinken letzte Sonnenstrahlen
über der gekühlten Flut
aus geblauten Bechers hohen Hallen.
Boote auf der Fahrt wie Tisch und Heller
nötigen die Gäste – frei von Heller –
bis – sekundenschnell – ihr Flügel ruht.

Anamnesis

In des Meeres Flut versunken,
lebt, was dir noch nicht bewusst. –
Doch beflügelt, aufschwungstrunken,
hebt sich aus des Daseins Kruste
ahnend die Gestalt hervor,
die im Glanz des Freudenchores
einst Elysium bewohnt,
über Erd und Sternen thront.

Wahl-Heimat

Über das Heute
und über das Morgen,
über die Freude
und über die Sorgen,
über die Säume,
die uns da trennen,
über die Räume,
die wir nicht kennen,
hinaus – dem ahnenden
Seufzer, dem Wähnen
bekannt – ist die Wahl-
Heimat, die wir
ersehnen.

Im Hier und Jetzt

Vergiss die Sehnsucht nach den Sternen
und das Erahnen fernster Fernen;
noch lebst du unterm Sternenzelt. –
Geschäft'ges Ordnen und Verwalten
und frohes Schaffen und Gestalten
schenkt dir den Platz
in dieser Welt.

Begrenzte Sicht

Ein Ja, ein Nein, ein Falsch,
ein Richtig
in unsrer Welt, der wir vertrauen,
ist notwendig, ist lebenswichtig. –
Das, was wir fassen, hören, schauen,
lässt sich nach diesem Grundprinzip
begreifen. – Doch der tiefe Kern
ist uns vertrauten Regeln fern
wie all die kleinen Unbekannten,
wie Neutrinos, Quarks
und Quanten,
die das Buch des Lebens
schreiben.

Wort und Tat

Kannst du auch bei Lebensfragen
nicht die rechten Worte sagen,
weißt du doch, dass guter Rat
gekrönt wird durch das Werk, die Tat.
Blindem Aktionismus fern –
durchwirkt sie Fläche, Schale, Kern.

Zum Wort stehen

Wichtiger als Dokumente,
die dich bis ans Lebensende
quälen können, sei dein Wort,
das du im Vertraun gegeben
aus der innren Kraft, die Leben,
Hoffnung ist und Trost und Hort.

Unaufhaltsam

Ein Kleid, geschmackvoll, elegant,
vermag man wieder glatt zu bügeln.
Ein Sprinter, außer Rand und Band,
kann sich verletzen auf den Hügeln
und muss dann kurzfristig auf Sport
verzichten. – Das gesprochne Wort –
es lässt sich nimmermehr versiegeln,
zerschellt nicht an der Felsenwand,
bewegt sich auf geschwungnen Flügeln
über die Gipfel – fort und fort –
dringt unaufhaltsam durch das
Land.

Unscheinbar

Das, was nicht mehr Kraft und Tat vollbringen,
durch die Gunst der Stunde dir gelingen
kann, bedarf des großen Aufwands nicht. –
Fern der Forderung, der strengen Pflicht
vermag es leise an die Tür zu pochen.
Lass es ein – dann wirst du es verstehn:
das rechte Wort zur rechten Zeit gesprochen
entscheidet über Werden und Bestehn.

Worte

Worte sind Bedeutungsträger –
ob du Richter, ob du Kläger,
Moderator, Journalist,
Meisterkoch, Parteifreund bist.

Worte willkürlich ersetzen,
um zu quälen, zu verletzen,
sprengt gewiss in jedem Spiele
eines kargen Daseins Hülle.

Meide Worte, die verhöhnen,
wähle Worte, die versöhnen,
dass die Tür zu deiner Pforte
nicht verschlossen sei
dem Worte.

Ehrgeiz und Interesse

Der Ehrgeiz – eine Kraft, die peinigt –
stürzt dich vom Sein hinab ins Haben,
weiß nicht um der Talente Gaben. –
Das Interesse, das uns reinigt,
ist's, was an Größeres uns bindet,
letztlich kundgibt,
wer wir sind.

Jenseits der Erreichbarkeit

Im Wurm, im Fisch, im Fink, im Wiesel,
in Farn und Efeu, Bach und Kiesel
verbirgt sich, was nicht Frau
noch Mann
mit dem Verstand erfassen kann.

Selbst in den kleinsten Molekülen,
den negativ geladnen Hüllen
der Elektronen strömt
die Kraft,
die wirkt, gestaltet, Leben schafft.

Des Seienden finale Lenkung
beherrscht das Heut, kreiert
das Morgen. –
Doch das Warum der großen Schenkung
bleibt letztlich Menschengeist
verborgen.

In graue Theorien verrennen
wir uns, wissen nicht ein noch aus. –
Das Sein ist schließlich dem Erkennen
grundsätzlich einen Schritt voraus.

Universell

Umkreistes und Umkreisendes zugleich
ist Bau, ist Baustein, an Bewegung reich
wie all das, was sich regt im Weltgetriebe. –
Atome wie Systeme der Planeten
betrifft es – letztlich alles, alle, jeden –
Gefühle wie Gedanken – Hoffnung, Liebe.

Rätsel

(mit Lösung)

Der Fassbarkeit sich zwar entziehend,
das Stoffliche jedoch nicht fliehend,
öffnet es sich der Theorie –
durchwebt den Stein, durchwirkt die Mauer,
durchpulst, durchpeitscht der Brandung Schauer –
Ursprung des Daseins:
ENERGIE.

Jenseits der Statik

Bei so manch einem Verfahren
weißt du nicht, wie du verfahren
sollst. – Erst später bist du schlau.
Was an anwendbarem Wissen
sich – an Kenntnis des Know-how
auftürmt, wird zum Wandelbaren,
nie zum sanften Ruhekissen.

Unaustilgbar

Bis in das Jenseits des fliehenden Raumes
dringt allein der Gedanke vor.
Welten des Denkens, Visionen des Traumes
leihen dem Flüchtigen selten ein Ohr. –
Einmal der Unterwelt schlingenden Rachen
gespürt – ist nie wieder gutzumachen.

Trotzdem

Umgürtet von der Dreistigkeit des Bösen,
lebt immer noch der Hoffnung innre Kraft,
um das, was in dir webt und wirkt
und schafft,
zu reinigen, zu läutern, zu erlösen.

Selbst-Heilung

Niemals endgültig ist deines Lebens
erlebte, umschattete, dunkle Seite.
Wenn Pulse geschwächter Hoffnung – vergebens
erwartet im Jetzt und im Hier
und im Heute –
sich abzukehren und von dir zu weichen
scheinen, drängt Wille zur Umkehr, bereichert
die wachsenden Kräfte geläuterten Strebens.

Was sollen wir tun?

Ach, es sind die lieben Laster,
die zum Absturz, zum Desaster
letzten Endes Menschen führen. –

Nein – der Tugend schlichtes Kleid,
nach dem Maß der Mäßigkeit
gefertigt, frei von Star-Allüren,
wird zu seiner Lebenszeit
nicht verschont von Irren, Wirren. –
Laster tugendhaft zu zähmen
kann Initiative lähmen.

Ausweglos – wir sind betroffen.
Letztlich bleibt die Frage offen.

Grundlagen
der Handlungsanweisung

Nimm Reißaus vorm Kleinkarierten,

Mittelmäßigen, Gezierten –

fern der Laschheit, fern der Strenge,

fern dem Jubel der Gesänge. –

Energien deines Wandelns

seien Motto deines Handelns:

zu der Mitte Maß bereit –

nicht zur Mittelmäßigkeit.

Stundenverdunklung

Seelische Seenot – kein Land in Sicht,

ringsum nur Dunkel. Wolken, verdichtet,

riegeln des Mondlichts verblassenden Schein

ab von der Suche nach Zuflucht. – Allein,

verlassen, verängstigt blickst du umher:

nur Tiefe und Nacht – nur Woge und Meer.

Mahnung zur Vorsicht

Wenn der Fluten dunkle Stunden
fauchend dich aus ihrem Rachen
speien, wenn du zu gesunden
scheinst und nach dem nächsten Nachen
tastest, der dich trägt und bettet,
sammle dich, zwing dich zum Wachen –
denn du bist noch nicht gerettet.

Die unvermeidliche Frage

Wenn die Brandung gleich dem Feuer
Funken sprüht, in hohem
Bogen –
kaum geboren, Well und Wogen
gegen Stein und Felsen schlagen,
weckt dich ein Impuls,
ein neuer:
Raff dich auf an diesen Tagen!

Apotheker wirst du fragen
müssen – lässig oder lax:
„Gibt's Besseres
als Ohropax?"

Lebensstil

Stirn und Aug ins All erheben –
Flug im freien Fall erleben –
mit dem Fallschirm aus der Höhe
gleiten bis zur Boden-Nähe –
eine neue Welt bereisen –
Sturm und Wind willkommen heißen,
Blicke, die das Herz begehrt –
macht das Leben lebenswert.

Sehnsucht

Nach fernster Ferne leuchtenden Meeren
steht all dein Sinnen, all dein Begehren.
Licht, das glänzend den Boten umfloss,
erzählt von den Reisen des Albatros.

Ach, könntest in strahlender Höh du verweilen,
wie würdest du ihm entgegeneilen,
wie würdest du selbst zum Boten der Sonne,
um eins zu sein mit der Schöpfungswonne.

Gefahrenzone

Sehnsucht, die zur Sucht geworden,

drängt dich hier und allerorten

in das Aus der Selbstbestimmung,

fort von bodenständ'ger Landung. –

Willst du nicht ihr Sklave werden,

such dir reisende Gefährten,

die mit Taten, die mit Worten,

die durch Rückführung dich erden.

Irreversibel

Geflügelte Boten – sie lassen

beizeiten

zum Stelldichein sich ein Festmahl

bereiten,

ernähren sich gern von der Großhirnrinde

und machen dich endgültig wieder

zum Kinde.

Gezügelt und beflügelt

Fernsten-Sehnsucht – Nächsten-Liebe –

sie verhalten sich wie Triebe

und wie Spiegel der Vernunft

zueinander. – Unterkunft

musst du beiden wohl gewähren. –

Wenn die Sehnsucht nach der Ferne

sich berauscht am Glanz der Sterne,

findet sie nicht Halt noch Zügel. –

Dienstbeflissnes Helfen-Wollen

aus dem ego-fernen Sollen

importiert – in allen Ehren –

schunkelt sich nicht durch die Sphären,

schränkt sich ein, missachtet

Piepen,

schwebt nicht dort auf

‚Wolke sieben‘ –

aber ach, wo sind die Flügel?

Urlaub

Feuer, Wasser, Luft und Erde,

der bestirnte Himmel

über dir, das unbeschwerte

Plaudern, das Gewimmel

bunter, freier Völker Scharen –

Jauchzen, Jubeln – offenbaren

dir ein ewiges

‚Es werde'!

Die innere Gewissheit

Wenn dich lichte

Lebensträume

tragen über Lebensräume,

jagen an den Saum der Zeit –

spürst du ahnend, dass dem

Leben

eine innre Kraft gegeben –

Atem, Hauch der

Ewigkeit.

Die große Gabe

Nur ansatzweise lässt sie sich ermessen –
die unverzichtbare, die große Gabe:
die Seelen-Landschaft deiner Interessen
in mannigfaltig schillernd bunten Farben.

Selbst wenn der Regen an die Scheiben tropft,
vermögen einladend dort Wald und Wiesen
dich überraschen – dem, der angeklopft,
Flügel verleihn, um Neuland zu erschließen.

Traum, Phantasie, Verstand, Vernunft
sind Nachbarn – Glieder einer langen Kette –
erweitern Wohnstätte und Unterkunft,
erheitern ihre farbige Palette.

Die Innenarchitektin

Ein Reiseland – die Innenwelt. –
Fortuna selbst da drinnen wählt
die Form, die Farben, das Design.
Die innre Sonne, die erstrahlt
und leuchtend Landschaften bemalt,
glüht über allem schönen Schein.

Seeblick

Wenn der Blick in blaue Ferne
Ozean und Himmel segnet,
hoheitsvoll das Licht der Sterne
Augen und Gemüt begegnet,
fernwehtrunken Berg und Hügel
ihr bewegtes Bildnis schauen
und versunken in die Spiegelung
dem Spiegelbild vertrauen,
weisen Wege deinen Gang
bis zu des Ursprungs tiefem Gründen,
lassen – frei von Furcht und Bang
die See die See-le dir entzünden.

Visio et cogitatio

Ahnung und Vision

Wo in Höhen – aufschwungstrunken –
leichte Lüfte zitternd beben,
spürst du – in den Raum versunken –
ahnend Albatros entschweben.

Wo des Lichtes weite Pforten
Blick und Auge in die Ferne
heben, schaust du allerorten
ringsumher den Glanz der Sterne.

Sehnend das Gemüt erzittert,
wissend – denn du bist bereit –
dass – vom Schein des Lichts umwittert –
dich umfängt die Ewigkeit.

Per aspera

Leere des Raumes – Dunkel der Nacht –
nirgends des Saumes Ende. – Bewacht
wird dein Verlangen nicht, des Ermessens
einsames Bangen im Strom
des Vergessens.

Verloren im Dunkel – verloren
im Raum –
verloren im eignen umnachteten Traum –
nichts kann es dir zeigen, nichts kann es
dir geben –
des tiefschwarzen Tunnels verwobenes
Streben.

Ontologischer Idealismus

Was du in unerhörter Weite
erschaust, was dir entgegenwirkt,
das offenbart in aller Breite
dir, was dein Innres
in sich birgt.

So richte auf verborgne Tiefe
das Wunder deiner Seelenkraft,
auf dass – wenn dich der Tag beriefe –
sie eine Welt der Schönheit
schafft.

Wer dort wie hier sein Selbst bewahrt,
den lässt das Drüben nicht im Stich. –
Die Welt ist auf der großen Fahrt
Produkt der Tathandlung
des Ich.

Ad astra

Tiefer, schwarzer Nacht entronnen,
wächst der Weitblick. – Fürchte nicht
deine Welt, die du gewonnen,
ihrer Weisung Weg zum Licht.

Fürchte nicht des Sturmes Flügel,
der dir die Begegnung schafft;
tiefer Krypten letztes Siegel
wird zum Quell der Seelenkraft.

Es entwindet sich der Hülle
und es öffnet sich dem Schaun,
lichtet leuchtend sich zur Fülle
auf dem Weg ins Urvertraun.

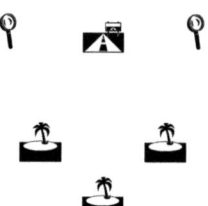

WITZELEIN –

UND DAS IM REIM

Beim Augenarzt

„Ich kann nicht Enten, Puten, Hennen,
kann keine Druckschrift mehr erkennen,
nicht Komma, Punkt, nicht Rand noch Rille.
Ich brauche eine neue Brille" –
so steht der Bauer Mausegrau
vorm Augenarzt. – Herr Doktor Blau-
Fuß fragt: „Kurzsichtig oder weit-
sichtig?" – „Sind's dennoch ganz gescheit!
Ich bin nit süchtig, such nur 'n Glasgerüst,
'ne Brille brauch ich, die durchsichtig ist."

Angemessenheit

Die Sekretärin stellte eine Frage
an den Chef. Sie war durchaus 'ne Plage. –
„Sind Sie sicher, dass Sie diesen Brief
so unterzeichnen wollen? – Der gewiefte
Halsabschneider hat ‚Hochachtungsvoll'
niemals verdient." – „Sie haben recht. Ich sollte
es mit Ehrungen gewiss nicht übertreiben.
‚Mit kollegialem Gruß'
werd ich hier unterschreiben."

An Bord

Den frisch gebackenen Matrosen
befragte Kapitän van Loosen:
„Anheuern wollen Sie bei mir?
Können Sie schwimmen?" –
„Nein! –
Dafür kann ich den Funkverkehr
bewachen –
das S O S in dreißig Sprachen."

Das Vorbild

Björn hat ein Zeugnis heimgebracht.
Das hat er gar nicht gut gemacht:
Vermerke stehn da, unerfreulich,
und viele Fünfen. Ganz abscheulich
ist's, was der Lehrer da berichtet.
„Ja, der erfindet und erdichtet" –
so meint Björn – „zu viel dabei.
In eines Schultags Einerlei
sind Streiche gar nicht zu vermeiden –
auch wenn so manche drunter leiden:
vor allem die Sensibelchen,
vornehmlich die Penibelchen." –

Die Mutter ist gar aufgebracht.
„Na, so was hätt ich nicht gedacht."
Sie redet förmlich sich in Rage:
„Das ist ja wirklich 'ne Blamage!
Du solltest dir ein Beispiel nehmen
an deinem Vater! Grade eben
ward wegen guter Führung ihm
ein Jahr erlassen.
Manch einer könnte da vor Neid
erblassen!"

Die konsequente Frage

Beate klagt – ihr Ehemann
ist nur am Rauchen. – „Sag mir, wann
wirst du vernünftig? – Werde bloß
das widerliche Laster los!
Ein schleichend Gift, das Nikotin –
wo führt das noch am Ende hin?"

Des Manns gereizte Reaktion
erkennt man darauf an dem Tonfall: „Meinst du denn, ich rauch
ab jetzt Arsen,
um dir zuliebe früher schon zu gehn?"

Reise-Vorsorge

Mareike kommt zu guter Letzt noch dran;
befragen will sie Radio Eriwan.

„Ist's wahr, dass sich 'ne Fahrt ins All
auch lohnt –
und wirkt die Pille auch noch
auf dem Mond?" –

„Ja – im Prinzip – das Ja ist hier gewiss
kein Trug-
schluss. – Aber bessren Schutz bietet
der Raumanzug."

Auf Trabi-Tour

'ne Frage noch an Radio Eriwan:
„Kann man mit dem Trabant
auch hundert fahrn
in einer Kurve auf 'ner heißen Tour?" –

„Ja – im Prinzip – doch leider
einmal nur."

Malum

An Radio Eriwan hat Jill

'ne Frage:

„Ist's wahr, dass ich jetzt endlich –

heutzutage –

'nen Apfel essen kann aus Tschernobyl?" –

„Ja – im Prinzip! – Aber vergiss nicht,

Jill,

nach dem Genuss solch seltner

Gaben

die Kerne dann im Bleifass

zu vergraben."

Der Mann an der Spitze

„Der Mann, der in diesem Laden
an der Spitze
steht – ich mein, den Mann,
der all die Witze
über Radio Eriwan
erfindet,
wo sitzt er?" – „Gute Frage! –
Uns verbindet
viel. – Ein jeder ist
auf seinen Platz erpicht.
Dass er sitzt – das weiß man;
wo – das weiß man nicht."

Unternehmer unter sich

„Beneidenswert – wie pünktlich deine
Arbeiter doch sind! – Ich meine,
dass sie mächtig unter Druck
gesetzt werden." – „Das stimmt nicht.
Guck
doch mal nach draußen. Siehst du's? –
Dreißig
Arbeiter sind da, sehr fleißig.
An Parkplätzen, die unterm Dach stehn,
habe ich nicht mehr als achtzehn."

Vor dem Himmelstor

Schon wieder steht vorm großen
Himmelstor
dort oben ein Bewerber. Petrus
lässt ihn vortreten. -
Mittelstürmer Harry fällt,
erfolglos, wie er ist, ins Himmelszelt
hinein und stolpert über seine Füße.

Bei der Aktion, den Tollpatsch zu
begrüßen,
sagt Petrus: „Ich erwarte dich
seit Stunden.
Jetzt hast du endlich mal
das Tor gefunden."

Frauen untereinander

Beim Plaudern auf der alten
Gartenbank
fragt Evelyn, „Machst du mit
deiner Schlank-
heitskur jetzt ernst?" – Pam sagt:
„Hast du 'ne lange Leitung!
Ich les nicht mal das Fettgedruckte
in der Zeitung!"

Rotwein oder Weißwein

Es war für ihn ein rotes Tuch:
schon wieder stand da ein Besuch
im nobel ausgestatteten,
von Bodyguards beschatteten
Hotel auf seiner roten Liste.

Er setzte sich in seine Kiste
und machte alle Pferde scheu –
sein Fahrstil war gewiss nicht neu.

Im Speisesaal an seinem Tisch
beanspruchte er ganz für sich
die blutjunge Serviererin.

Sie fragte: „Wonach steht ihr Sinn? –
Möchten Sie Rotwein oder lieber
weißen?" –
„Ich hab Sie das gewiss nit fragen
g'heißen.
Das ist mir nämlich völlig wurscht,
mein Kind.
Du sollst es wissen: ich bin
farbenblind."

Der unerwünschte Besucher

Ein älterer Herr steht vor der Tür.
Man sieht ihm an, dass sein Revier
durchaus ein weites Feld sein muss.

„Ich möchte Ihren Chef, Herrn Bus,
mal bitte sprechen." – „Leider geht
das nicht. Wie 's im Betrieb so steht,
ist im Moment er nicht im Haus" –
lügt sich die Sekretärin raus,
wie sie es mit charmantem Ton –
in delikater Situation
wohl oft geschickt zu tät'gen pflegt.

„Ihr Chef hat sich sehr angeregt
noch eben grade unterhalten
mit Ihrem Senior-Chef, dem ‚Alten'.
Ich seh bestimmt keine Gespenster,
sah ihn gerade noch – am Fenster."

Die Sekretärin mit 'nem Hauch
von Ironie sagt: „Er sie auch."

,Tempora mutantur …'

Man hört ein Handy klingeln. Dann
geht die Besitzerin heran,
führt ein Gespräch nach altem Brauch.
Am Ende hört man: „…ich dich auch."

Zwei Jahre später – und die Lage
hat sich geändert. Wenn am Tage
das Handy klingelt, sie nach altem Brauch
herangeht, hört man meistens:
„…du mich auch."

Allzu Menschliches

'ne Klosterschwester sieht man da
täglich mit einem Kinderwagen
her spazieren. Plötzlich trifft
sie auf Bekannte aus dem Stift
der Nachbarschaft. – „Klostergeheimnis?" –
wird sie prompt gefragt. – „O nein! –
Doch bei dem Rätsel liegen Sie nicht schlecht
im Rennen;
'nen Kardinalfehler könnt man
das Ganze nennen."

Der Großeinkauf

Ein Schotte kommt in die Filiale.
Er schaut sich um, stürmt in die Halle
und sucht und sucht – man weiß nicht, was.

Bei Zapfstellen, beim Bier vom Fass,
bei Schottenröcken, Minikleidern,
Strick- und Häkelnadeln, Leitern
hat er schon überall gesucht.

„Was will der Kerl denn, ei, verflucht!
Der macht das ganze Kaufhaus scheu.
Was glaubst du, wie ich mich drauf freu,
wenn der da wieder draußen ist" –
so spricht der Chef, zu der gewitzten
Sekretärin schielend. – Prompt
ist's schon der Schotte, der da kommt –
mit etwas in der rechten Hand:
man sieht 's an dem gezackten Rand.

„Die Fünfzig-Cent-Briefmarke
kauf ich hier.
Haben Sie passendes Geschenkpapier?"

„Können Engel fliegen?“

Klein Lena sagte zur Mama:
„Ich hab 'ne Frage: Ist das wahr –
ach, sag mal, können Engel fliegen?“ –
„Mein Kind, ich möcht dich
nicht belügen.

Die Engel gibt es wohl im Märchen,
auch manches Mal bei jungen Pärchen,
auch gibt's sie in der Religion.“ –
„Und in der Wirklichkeit?“ – fragt' schon
die kleine Lena, unerbittlich.
„Ich glaube nicht“ – sagt' Mutter kritisch.

„Ich glaub es doch. Die Maike ist
doch einer.“ – „Was du sagst, ist Mist!
Das ist doch unser Hausmädchen.“ –
„Zu Hause, draußen und im Städtchen
sagt Vati immer nur zu ihr:
'mein süßer Engel'.“ – „Mein Revier
ist das! – Ein Aas, das mich betrügt
und hintergeht! – 'S ist klar – sie fliegt!“

Beschenkte Blondinen

„Mein Freund hat mir ein Buch geschenkt" –
sagt da Blondine Eins. – „Er denkt,
ich könnte lesen." – Blondie Zwei
ist übereifrig schon dabei
und spricht von einem Tagebuch,
das sie bekam. „Ich hab genug
von diesem Unsinn" – sagt sie dann –
„da ich ja gar nicht schreiben kann." –

„Bei mir ist's schlimmer" – sagt die dritte.
„Mein Freund hat mir – nach alter Sitte –
'nen Deoroller wieder mal
geschenkt. 'S ist wirklich eine Qual!
Wann lässt er das denn endlich sein?
Ich hab doch keinen Führerschein!"

Am PC

„Du bist doch als Denker im Jenseits
der Zweisamkeit,
bringst all die neuen Programme
zum Starten.
Was haben Revolver und Windows
gemeinsam?" –
„Sind ganz und gar harmlos –
wenn sie nicht geladen."

Ein verlockendes Angebot

Das Weihnachtsfest steht vor der Tür.
„Ein schönes Buch – das darfst du dir
jetzt aussuchen für dieses Jahr" –
sagt Oma. – „Das ist wunderbar!" –
so reagiert sofort der Kleine.
„Ich will…ich möchte…ja…ich meine…
ich sage es direkt: ich wünsch mir dann
ein Sparbuch, das ich grad noch tragen kann."

Das besondere Geschenk

„Ich wünsche ein besonderes Geschenk
für meine Frau." – „Woran –
konkret – denn denken
Sie genau?" – fragt der Verkäufer. – Drauf
der Mann: „Sie ist ein Öko-Freak, - und auf
ein passendes Objekt bin ich gestoßen:
einen Öko-Vibrator." – „Da den großen?" –
„Nein, nichts zum Tüfteln, Basteln
oder Fummeln!
Ich dachte an ein Bambusrohr
mit Hummeln."

Der brave Bauer

Die Bäu'rin schimpft. Der Gatte kommt
um zwei Uhr nachts nach Hause. Prompt
wirft sie's ihm vor: „Ich sage doch,
um zehn Uhr bist du wieder hier; noch
habe ich das Sagen. – Mehr
als zwei Bier sollst du
im Stadtverkehr
am Abend ohnehin nicht trinken. –
Na wart – dir wird 'ne Strafe winken." –

„So ungehorsam bin ich nicht!
Ich bin gewiss ein Mensch der Pflicht.
Ich bin ein Mensch, der alles
drechselt.
Die Zahlen hab ich halt
verwechselt."

🚌 🚌 ① 🚌 🚌 🚌 ① 🚌 🚌

Die hilfreiche Auskunft

Ein kleiner Pimpf hat sich verlaufen,
beginnt die Haare sich zu raufen.
Schon steht ein Polizist vor ihm,
fragt ihn direkt: „Wo willst du hin?" –

„Ich will zu meiner Mam
nach Haus,
zu meinem Paps." – „Wie sieht es aus –
kannst du den Namen dieser beiden
mir nennen?" – Drauf das Kind mit
weiten,
mit offnen Augen und ganz fern
dem Schlummer:
„O ja, Herr Wachtmeister,
Mausi und Brummer."

🚌 ① 🚏 ① 🚌 ① 🚏 ① 🚌

Das ergiebige Telefongespräch

Ein Rentner, der die Zeit verschlief,

war jetzt in ein Gespräch vertieft.

„Was machst du grad?" – „Ich
installier'

Windows und ich esse Pflaumen.

Ach, sag, was würd'st

du drücken?" – „Dir

sofort am besten

beide Daumen!"

Sitte und Brauchtum

„Es klettern nicht nur all die süßen

Kinder, Enkel der Ostfriesen,

sondern ungelenk die Alten

in 'nem Friesennerz mit Falten

durch das Fenster im Dezember." –

„Warum denn nicht im September,

im August, im Mai, April?" –

„Du redest wieder mal zu viel" –
herrscht Benedikt die Schwester an.
„Das Rätsel", rufen Jens und Jan
aus einem Munde, „ist nicht schwer
zu lösen. – Das Warum erfährt
man, wenn man – wie es sich gebührt –
das Jahresende anvisiert.

Das Fensterklettern wird zur Kür,
wenn Weihnachten steht
vor der Tür."

Wunschdenken

Die Arnika sprach zur Mama:
„Das Christkind ist ja schon bald da.
Ein Pony wünsch ich mir
so sehr." –

„Ja, das gefällt auch dem Papa. –
Dann gehen wir morgen
zum Friseur."

Zum vierten Advent

„Fritzchen, zünde den Adventskranz an!" –

sagt die Mama. – „Mach ich, so gut

ich kann." –

Und aus den Stuben fällt ein Schein

aus Licht.

Fritz ruft: „Und auch die Kerzen –

oder nicht?"

Im Gerichtssaal

„Erkennen Sie den Mann, der Ihren

Sport-

Wagen gestohlen hat und damit fort-

gefahren ist?" – so fragte man

den Zeugen

und meinte fast, man hätte einen reuigen

Sünder vor sich sitzen. – Zögerlich

sagt' jener: „Nein. Inzwischen

glaube ich –

geblendet durch des Star-Verteidigers

Rednergabe,

dass ich ein solches Auto

nie besessen habe."

Fürsorge

„Sie sind ja heute sehr verletzlich
und haben eine ganz entsetzliche
Erkältung" – sagt der Chef
zu seiner Sekretärin Steffi. –
Wann hat sie Sie zuerst beschlichen?
War's draußen, war's bei Tisch,
in Nischen?
Wer hat da – ohne was zu sagen –
die Krankheit einfach übertragen?
Waren Sie heut Morgen schon
beim Arzt?" – „Ach nein, sie kam
urplötzlich
ganz von selbst; und mit 'nem kräftigen
Branntwein schleicht sie sich
davon."

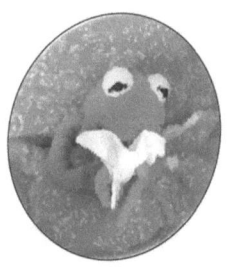

Die Dinge am richtigen Platz

„Es wird doch Zeit, dass ich im Lotto
gewinn‘; du hast für ’s Hochzeitsfoto
noch nicht mal einen richt’gen Platz“ –
sagt Bauer Kauz zu seinem Schatz.

„Das steht genau am rechten Ort“,
entgegnet da die Bäu’rin. – „Dort
bei deiner Sammlung von Geweihen? –
Drauf mach sich einer einen Reim.“

„ O doch“ – spricht forsch die Frau.
„Von allen
Böcken, die mir da gefallen,
die ich geschossen hab im Leben,
warst du der kapitalste eben.“

KNOBELEIEN

IM VERS – MANTEL

Hinweis

Zur Umrechnung für die folgenden Knobeleien
das Internet zu nutzen ist nicht nobel.
Übers Know-how sich informieren ist erlaubt –
doch dann ist's gut, wenn man dem
eignen Denken glaubt.

Den Taschenrechner lasse ruhn –
sonst hat der Kopf nicht g'nug zu tun.

Bevor dich dieses Spiel ermattet,
sind Stift, Papier durchaus gestattet.

Einladung
zum Weihnachtskonzert

[1]„Onkel Edgar schaut' vorbei" –

sagt' Ilka. „Ach, hier sind noch zwei

Karten, die er mitgebracht.

Er hat doch letztes Mal gesagt,

dass er als Hobby-Dirigent –

so ganz in seinem Element –

ein weihnachtlich Konzert gestaltet.

Die Einladung, kurios, veraltet,

die auf das Datum uns verweist,

zu dem er uns willkommen heißt

mit Eltern, Schwestern, Brüderchen,

um uns die neuen Liederchen

als Ohrenschmaus einzuverleiben –

die kann er nicht mal richtig schreiben.

Zerstreut ist er als Musikus.

Schau dir die Info dort am Schluss

an: 'einundzwanzigster Oktober' – witzig –

an 'nem bunten Herbsttag sitz ich

nicht mit unterkühlten Gliedern

irgendwo bei Weihnachtsliedern." –

„Ilka – du bist sonst so schlau –
du weißt doch, dass der Flugzeugbau,
des Onkels große Leidenschaft,
sein Hauptberuf ihm Leiden schafft.
Denn wer nun mal davon besessen,
kann Dezimalzahlen vergessen.
Und die Termine – dir zur Qual –
die teilt er nur noch mit: oktal. –
Drum mach es dir nicht zu bequem
und übertrag jenes System
in das, was dezimal uns eint.“

In diesem Sinn: welch Datum meint
mit ausgetüftelt nettem Gruß
der Ingenieur und Musikus?

    ?

Eine ungeahnte Verspätung

[2]„Fünf Stunden hab ich auf Eddie gewartet,

er scheint ja wohl nicht mehr zu kommen." –

Ruth räkelt nun auf dem Sessel und startet

das Fernsehprogramm. – Beklommen

und traurig sitzt sie bald dort in der Ecke

und starrt in die Glotze und dann an die Decke.

„Hast du dich auch nicht im Termin vertan?" –

so spricht sie ihr jüngeres Brüderchen an.

„Ach Harry, du Knirps, du hast keine Ahnung! –

Der Eddie, der Typ, der ist mir 'ne Warnung.

Er war ganz verrückt, 'nen Termin auszumachen.

Jetzt wird er sich wohl eins ins Fäustchen lachen." –

„Nun sag mir genau – wann wollte er kommen?" –

fragt Harry. – Und Ruth, ein wenig versonnen,

entgegnet: „Am frühen Nachmittag heute.

Wie ich mich auf diesen Tag doch freute,

den elften Oktober. Er steht im Kalender.

Ich hab ihn umrandet." – Am Treppengeländer

schon hält sich die Ruth, wieder unzufrieden,

da heut ihr kein schönerer Tag beschieden. –

„Hör zu, liebe Schwester – das konnt'st du nicht wissen –

lass dir nicht mehr länger den Tag verdrießen.

Der Eddie – der meint nicht den heutigen Tag.

Ich kenn ihn, er wird seinen Freunden zur Plag,
wenn er Termine zu fröhlichen Stunden
verabredet, die da wohl unumwunden
rundum gründlich missverstanden werden." –
„Man muss sie im Dezimalsystem erden –
herüber in unser Verständnis bringen" –
sagt Vati. „Ich hoffe, es wird dir gelingen.
Nennt er den Termin im Oktal-System,
dann hast du noch Zeit ,
dann mach dir's bequem."

Jetzt sag du's uns mal in allgemein
verbindlicher Sicht,
verrat uns, von welchem Tag
der Eddie da spricht.

    ?

Der Rivale

[3]„Hat dieser Lackaffe dich eingeladen? –

Das ist ein Typ – der kann so manchem schaden." –

sagt' Jimmy, der um Lili sehr bemüht.

„Gewiss nicht; denn der hat ja sein Gebiet –

einst waren's flüchtige Eroberungen,

die ihn lockten, getauscht mit den Errungen-

schaften, die da protzen und definitiv

von Schelmenstreich und schalkhaft kognitivem

Bewusstseinszustand in der Dauerpose –

erhöhtem Thronsessel auf hohen Rosse –

im eignen Wesen zu berichten wissen.

Humor, 'ne Prise Arroganz lässt grüßen

aus denen, die da Henrys Star-Verhalten

in ihren Attitüden mitgestalten." –

„Du sagtest mal, er interessier' dich nicht.

Jetzt seh ich das jedoch in andrem Licht." –

„Ach lass das, Jimmy, bist ein guter Knabe.

Mir geht der Henry so wie sein Gehabe

auf die Nerven. Sein Elite-Tick

beleidigt uns. Er hat ja jetzt zum Glück

die Spinner um sich, die er nerven kann. –

Bei seinem Einstand gibt er wieder an.

Er ist ja vor' ner Woche umgezogen

in eine Gegend wohl, die ihm gewogen.

Die Hausnummer vor seiner Eingangstür

will er verschlüsseln." – „Trendy ist das. – Wir

kriegen somit seine Star-Allüren

an dem gestylten Intellekt zu spüren" –

sagt' Jimmy. – „Ich hab da so was empfunden,

was wohl den Spieltrieb, aber den gesunden,

in dir auch wecken könnt. Verschlüsselungen –

sicherlich binär – mit Einsen und mit Nullen

hat er doch propagiert. Sie zu erschließen

ermögliche die Party zu genießen,

die da am Samstag jedem offen, frei

zustehe, der binär gerüstet sei

und seine Hausnummer erkenne." –

„Ach, kannst du den Binären Code mir nennen?" –

fragt' Jimmy, der wohl nie genug gekriegt,

von seinem Spieltrieb wieder mal besiegt. –

„Ich hab den Code im Kopf" – sagt' Lili. –

„Bitte,

stell nicht die Knobelei in deine Mitte.

Ich bin auch noch da." –

„Gib mir den Code!" –

„100111". –

„Ach ja? – mein Gott! –

O dieser Angeber der Tafelrunden! –

So etwas schaffe ich in

fünf Sekunden.“

Wenn du's auch nicht so schnell

wie Jimmy schaffst,

beweis uns, dass du das System doch raffst.

Wie heißt denn die binär codierte Zahl?

Nenn sie uns bitte

dezimal.

    ?

In großer Verlegenheit

[4]Lydia nimmt an einem Wettspiel teil.
Nicht nur verweilen, sondern auch beeilen
ist nicht unerheblich. – Ach, die Nummer
fünf der Aufgaben – zu ihrem Kummer –
find't sie gar nicht angenehm.
Ja – diese wird ihr zum Problem.

Gegeben ist der Code: vier null – oktal;
derselbe soll zunächst mal dezimal
hier übertragen werden – keine Tabelle,
gar nichts zum Nachsehen so auf die Schnelle,
Taschenrechner sind auch tabu.
„Wo steckt das verdammte Ding? Wozu
soll ich mir hier den Kopf anstrengen?" –
so fragt sie sich. – Gar übel bedrängen
wird jener Gang sie – den wird sie nicht wagen –
die Zahl auch binär noch zu übertragen.
Nun fass die Gelegenheit schnell beim Schopf
und leihe der Lydia mal kurz deinen Kopf!

Lydia in der Klemme

[5]O je, die Lydia kommt zum Stöhnen.

Sie kann sich gar nicht dran gewöhnen,

dass öfters Umrechnung verlangt

wird – das, wovor ihr bangt.

Es sind die Einsen und die Nullen,

die hier wie Richter, böse Bullen

als Binärer Code erscheinen.

Sie muss – sie würd am liebsten weinen –

auch noch 'ne sechsstellige Zahl

zunächst einmal ins Dezimal-

system und dann auch noch oktal

hier übertragen – welche Qual! –

Welch' Kandidat für alle Fälle

hilft Lydia jetzt mal auf die Schnelle? –

Bist du das? – That is wonderful !

Der Code – er heißt:

101000.

Das noble Angebot

[6]„Ich hab für das nächste Pferderennen

da grad noch 'ne Karte gekriegt.

Doch muss ich mich leider von ihr

wieder trennen –

mein Reisetermin, der liegt

genau auf dem Datum – das hatt' ich vergessen.

Es geht bei der Karte ums Kräfte-Messen:

gehirnphysiologisch diesmal – mental.

Ich stell euch 'ne Aufgabe, nenn euch 'ne Zahl.

Fasst diese Gelegenheit jetzt beim Schopf.

Erlaubtes Hilfsmittel ist nur der Kopf.

Der erste, der – das Ergebnis in Sicht –

hier nennt, kriegt die Karte. – Die Zahl –

sie verspricht

ein bisschen Denken, ein bisschen Knobeln –

es lohnt sich, mit all den Gästen, den noblen,

in einer der ersten Reihen zu sitzen." –

„Die Aufgabe wollen wir endlich wissen" –

sprach einer mit vorwitz'ger Ungeduld.

„Hier steht eine Tafel neben dem Pult.

Ich schreibe sie auf. Sofort dürft ihr's wagen:

binär sie entsprechend übertragen. –

Der Kopf – er ist langsam, verrechnet sich,

irrt sich. –

Versucht es trotzdem:

mit EINTAUSENDVIERZIG."

Ach, diese Zahlen!

[7]„Man schickt' mir den Binären Code.

Ich brauch jedoch die Zahl

noch heute vor dem Abendrot –

auf jeden Fall oktal,

muss sie entsprechend weiterleiten.

Ich stöhne – was sind das für Zeiten!

Wie war das doch so angenehm

mit unsrem Dezimalsystem." –

„Ach Lieschen, mach dir keinen Kummer,

verrat mir einfach diese Nummer,

die dir so viele Sorgen macht." –

„Da hab ich mir was angelacht. –

Ach Malte, wenn ich dich nicht hätte!" –

„Gib mir den Code! – Ich sag dir, wette

darauf – das ist nur halb so schwer

wie man vermutet." – „Bitte sehr,

hier folgt 'ne sechsstellige Zahl

mit Einsen, Nullen, mir zur Qual.

Zwei Einsen, dann drei Nullen, dann

die Eins am Schluss. – Ich wiederhole dann:

110001

kam's bei dir an? –

„O ja! – Du kriegst von mir gleich
das Ergebnis.
Du lädst mich ein? – welch herrliches
Erlebnis!"

Jetzt bist du dran. Nun rechne schnell
und ohne dich zu irren.
Wie kann man diesen Code
oktal chiffrieren?

Doppelte Verschlüsselung

[8)]Der Januar, März und der Mai,
der Juli ist auch dabei,
der August – aber nicht der September –
doch dafür gewiss der Dezember.
Man sollte nach genauem Ermessen
dabei den Oktober nicht vergessen. –

Was haben die Monate alle gemein?
Was haben sie alle mit jenem Code
11001 denn zu tun? –
Nun spiel Detektiv und prüfe
den Fall
und lass nichts auf sich beruhn.

Ach, diese Tripel!

(enthält einige Infos)

[9]Die Summe der Katheten-Quadrate

entspricht dem Quadrat der Hypotenuse.

Rechtwinklig ist das Dreieck.

's wär schade,

Beate, Simone und Kathrin und Suse,

wenn ihr an dem Spiel kein Vergnügen hättet.

Die Drei und die Vier und die Fünf, gebettet

auf Rosen – sie heben die Laune.

Ein weiteres Zahlentripel - mit Daune,

mit Federn vergleichbar – es schnellt

in die Höhe:

die Fünf und die Zwölf und die Dreizehn. –

Verstehe,

dass auf solchen ‚echten' Tripeln von Zahlen

mit ein bisschen Rechnen und fern von Qualen

im Spiel man beliebig ein Vielfaches aufbauen

kann. Ein jeder versuche sich selber zu trauen.

Den Taschenrechner rühre nicht an. –

Nun fange mal mit der ZWANZIG

was an.

Sie kann in mehreren Tripeln Kathete
sein. Versuch zwei zu finden; verspäte
dich nicht. – Der Sekundenzeiger,
er spricht. –
Schenke die Lösung dem Tageslicht!

Für echte Knobler

[10]Mit siebzehn Zentimetern ist
die Hypotenuse gegeben.
Erwecke nach nicht allzu langer Frist
die beiden Katheten zum Leben.
Natürlich müssen sie in die Norm
passen und haben – geklärt in die Form
von Zahlen – sich niederzuschlagen. –
Bekannte Tripel haben das Sagen
hier nicht. – Drum knoble
und rechne geschwind;
verrat uns, wie lang
die Katheten sind.

Für findige Knobler

[11]Von den Zahlentripeln – die unzählig –
kann ich hier nur sagen: „Manche wähl ich." –
Die ‚echten Tripel' mit den kleinen Zahlen
sind leicht erschließbar. – Aus den
hohen Hallen
der Vielfält'gen erschallt das Donnerwort:
„Dort ist es dir zu hoch, drum mach dich fort!" –
Mach dir auf kleinre Zahlen einen Reim.
Was haben siebzehn, dreizehn, fünf gemein? –
Finde drei Eigenschaften, die auf jede Zahl
aus dieser Gruppe zutreffen.
Versuch es mal!

Die verschlüsselten Katheten

[12]Zwei Katheten, verschlüsselt, binär –
sie sollen ermittelt werden.
Bleistift, Papier – diese Mittel sind fair –
denn Hirn-Jogging könnte gefährdet
werden durch Rechner, die du dir erworben:
zu häuf'ges Benutzen – das Training verdorben –
die Kunst des Errechnens im Sande verweht. –
Das sollte nicht sein. – Soweit es hier geht,

sieh Denkkraft als Diener, als Helfer dazu.

Lass Hilfsmittel, die verwöhnen, in Ruh.

Die Hypotenuse – dies sei nicht vertagt –

ist dezimal letzten Endes gefragt.

Das Tripel, das sich im Ganzen ergibt,

ist ein Vielfaches – aber durchaus beliebt,

da 's auf einfachem, 'echtem Tripel' basiert. –

So nimm nun den Code hier ganz ungeniert

in Empfang. – Die Ziffern 1001

und die folgenden 1100 – sie stehen

im Zug des binär codierten Vereins

hier für die vorgestellten Katheten. –

Versuche nun nach kurzem Bedenken

die Konzentration auf das Tripel zu lenken.

Die verschlüsselte Hypotenuse

[13]Die Hypotenuse eines bekannten

Zahlentripels sei hier genannt. –

Es wird nicht als 'echtes' Tripel erscheinen,

sondern als dessen Vielfaches. – Einsen

und Nullen – sie stehen im Angebot,

präsentieren sie doch im Binären Code

des letzten Gliedes erklommenen Gipfel –

der Hypotenuse gemeistertes Tripel.

Da hält sie die Spanne gegenüber
dem rechten Winkel. – Es fasst dich ein trüber,
vielleicht auch ein freudiger Schauer, zumal
dem Begreifen dämmert: ihr Wesen ist Zahl. –

Drum löse sie aus der Verschlüss'lung –
bequem –
und führ sie ins Dezimalsystem.
Die Ziffern 11010 stehn hier
und warten auf Übertragung von dir.
Die Dezimalzahl – du wirst sie genießen,
sofort auf das ‚echte' Tripel schließen.
Doch dieses – es ist jetzt nicht gefragt –
dem Mehrfachen hat man hier zugesagt.

Ergänze das Tripel, besorg die Katheten,
sei schnell, damit sie sich nicht verspäten.

Die Kopfnuss für Knobler und Tüftler

[14]Innerhalb der Zahlen von zwanzig bis dreißig

gibt's eine einzige Zahl, die hier bei fleißigem

Knobeln entdeckt werden kann. – Folgende Eigenschaft

wär hier zu nennen: sie steht für die Hypotenuse –

den natürlichen ganzen Zahlen zum Gruße.

An jener Bestimmung, die folgt, gibt es gar nichts

zu nibbeln:

sie steht für die Hypotenuse von zweierlei Tripeln. –

Das erste zu suchen sei zunächst mal dein Ziel.

Mit folgender Info wird's dir zu leichtem Spiel:

ein Vielfaches ist es – errechenbar aus dem einfachsten echten

Tripel. – Die Zahl dürfte damit geklärt sein. –

Jetzt schau nach dem rechten!

Die für die Hypotenuse stehende Zahl –

sie fordert zu deinem Entzücken in diesem Fall,

dass du sie untersuchst auf zwei weitere Katheten,

die möglich sind. – Sie sollten sich nicht verspäten!

Dass dieses zweite Tripel es in sich hat –

das macht noch lang nicht den echten Knobler satt.

Dir sei noch 'ne kurze Info gegeben:

Erweck dieses ‚echte Tripel' zum Leben.

Dass dieses eben kein Vielfaches ist,

dessen macht dich gegebene Info gewiss. –

Lös das Problem! – Tüftle anbei –

spiel mit der Zahl –

schwimme dich frei !

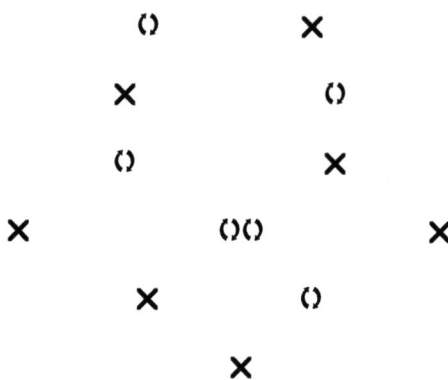

FREI – SCHWIMMER

Novelle

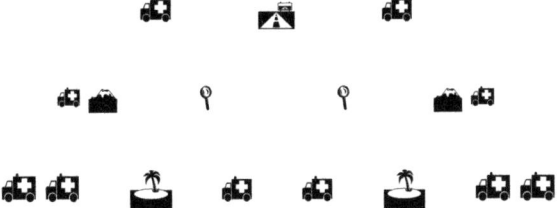

1

Susanne befand sich auf dem Weg nach Hause. Schneller als es ihrem Wünschen und Wollen entsprach, stand sie auch schon vor dem repräsentativen Familien-Besitz – durch ihren Großvater einst erworben, architektonisch gestaltet und durch ihre Eltern in Stand gehalten – worum sie als einzige Tochter des Hauses ‚Hofer‘ wahrscheinlich von manchem beneidet wurde. – Aber was vermochte schon eine durch das Sinnfeld ‚Besitztum‘, ‚Immobilien‘ und ‚Wertgegenstände‘ markierte Wirklichkeit über das Befinden jener mit ihr in Verbindung Stehenden, der davon in ihrem Leben Betroffenen, auszusagen.

Susanne, dreiundzwanzig Jahre alt, in der Erscheinung einer schlanken, kurzhaarig brünetten, ansprechenden Gestalt verborgen, dem Stil ihrer Zeit äußerlich angepasst und den Endachtzigern gemäß gut gekleidet – hatte gerade die Hürde oder in ihrem Falle eher das Vergnügen ihrer letzten Examensprüfung hinter sich gelassen.

Sie hatte sich gegen den Willen der Eltern in ihrer Heimatstadt Konstanz vor circa viereinhalb Jahren für das Universitätsstudium immatrikuliert und Physik und Mathematik als Examensfächer für Sekundarstufe II belegt. Ermöglicht wurde ihr damals ein solches gegen die gesellschaftlich einflussreichen Erzieher gerichtetes Unterfangen nur deshalb, weil sie direkt nach ihrem Abitur als Stipendiatin in den Kreis der Studienstiftler aufgenommen worden war. Kaum war sie den heimischen Gefilden nahe gekommen, spürte sie schon – man hatte sie erwartet. Von ihrer Mutter wurde sie bereits mit den Worten begrüßt: „Na, nun hast du ja dein Examen in der Tasche – die Vorstufe einer besitzlosen Pauker-Karriere dürfte dir ja damit gesichert sein. Sieh mal zu, dass du dich zwischendurch im väterlichen Anwesen ertüchtigst.“

„Für mich wurde bereits ein Promotionsstipendium im Bereich der

Theoretischen Physik beantragt, das auch schon bewilligt wurde. Sicher stehe ich euch bei Finanzfragen, wirtschaftsmathematisch orientiert, wie immer gern zur Seite."

„Na, das ist ja nun auch das mindeste, was von dir erwartet wird", schrillte die Stimme der Dame des Hauses fordernd und unnachgiebig.

„Einen Doktor im Hause ‚Hofer' könnte man ja zu Repräsentationszwecken durchaus gebrauchen; aber sieh zu, dass dich die Beschäftigung mit der brotlosen Gelehrsamkeit nicht ganz aus der Wirklichkeit heraustreibt und dass du bald ein Titelchen vorzuweisen hast, um dich dann vernünftigeren Dingen zuzuwenden. Man weiß ja schließlich: Gelehrsamkeit bringt Ehre – sonst aber auch nichts."

„Na, da ist ja unsre arbeitslose Studentin!"

„Hallo Paps!"

„Nun? Mit Auszeichnung bestanden?"

„Woher weißt du das?"

„Ich kenne doch meine Tochter."

Die dann auch schon merklich auftretende Veränderung in der Stimme verriet Stichelei oder Angriff.

„Aber jetzt sieh zu, dass du auch bei wesentlich wichtigeren Dingen Land gewinnst und den Karren nicht an die Wand fährst."

„Deine Anspielungen sind mir durchaus vertraut. Falls du die in den Sechzigern arrangierte Vereinbarung wieder mal zu thematisieren gedenkst, meine Bindung an einen Typen, der überhaupt nicht zu mir passt und mich in Wirklichkeit nicht ausstehen kann, vergiss es."

„Na, ich würde da den Mund nicht so voll nehmen, meine liebe Tochter. Allein kannst du das Unternehmen bestimmt nicht weiterführen; und jemanden wie Roland Flachs, der ein angemessenes Startkapital aufzuweisen hat, den sollte man nicht vor den Kopf stoßen."

„Ach, etwas anderes scheint eine dauerhafte Bindung für dich nicht zu bedeuten."

„Ach, unsere kleine Suse, die immer noch in romantischen Mädchenträumen schwelgt, wird anscheinend nie erwachsen. Am Ende träumt sie noch mit fünfzig von der großen Liebe und sieht in ihrer Blindheit nicht mal, wenn es mit dem Firmenkapital bergab geht" – so die Herrin.

„Na ja, damit hattest du ja wohl keine Sorgen. Du hattest immerhin den Partner einer arrangierten Ehe an deiner Seite: mich."

„Ja, mein Lieber; aber vergiss nicht, dass ich das Kapital mit in die Ehe gebracht habe."

„Und ich bin mit der Fähigkeit ausgestattet, es zu erhalten und zu vermehren. Es ist dir wohl klar, dass ich mit einer mir entsprechenden Frau ein Unternehmen von ganz anderen Dimensionen aufgebaut hätte."

„Jetzt aber mal Ruhe! Gibt es bei euch überhaupt ein Gespräch, das sich nicht um Finanzen dreht?"

„Nein! Zum Glück sind wir Realisten. Und um Geld dreht sich die Welt."

„Ihr tut mir leid."

Susanne brauchte Abstand. Die Haltung, die Gesinnung der beiden ihr Wesensfremden, die nun mal ihre Eltern waren, konnte sie nerven, vor allen Dingen die geistlose Ignoranz der Bruthenne, die sie als Baby gewiss gut umsorgt hatte, solange Töne und Geräusche der Anvertrauten sich nicht zum ‚Ich' zu formatieren vermochten.

Mütterchen Kirche bot doch da ganz andere Möglichkeiten. Hier gab es einen Ort, eine Heimstätte, nicht nur eine Unterkunft mit vergoldeten Wasserhähnen. Einer ihrer Klavierlehrer, zugleich studierter Kirchenmusiker und Organist der Gemeinde, hatte dafür gesorgt, dass sie als Schülerin im Alter von etwa fünfzehn Jahren zur nebenamtlich tätigen Organistin der Kirchengemeinde ausgebildet werden durfte auf Stipendiaten-Basis – jenseits der Reglementierung von Erziehern, für die der Beruf des Kirchenmusikers gerade mal hinter der Reinemachefrau in der Hierarchie der Lebenserwerbstätigkeiten eingestuft wurde. Fern von streng reglementierter Kontrolle und Limitierung durch festgelegte Spielzeiten war es ihr so ermöglicht worden in Kirchen zu üben, als

Orgel-Vertretung die Gestaltung von Gottesdiensten zu übernehmen. Sie war stolz wie ein König, in dieser Höhe, oben auf der Empore – die erst im Alter von achtzehn Jahren ausschließlich von Personen des maskulinen Geschlechts betreten werden durfte – an diesem konstruktive Maskulinität ausstrahlenden, an diesem wahrhaft königlichen Instrument ihres Amtes walten zu dürfen.

Es war ihr eine Ehre zu drei bis vier Vertretungsgottesdiensten pro Woche eingesetzt, ja auf Stipendienbasis zu dieser Tätigkeit verpflichtet zu sein. Die frühere Tätigkeit des Klavierübens, das ihr im Kindesalter viel Freude bereitet hatte, war stets vom schlechten Gewissen gekennzeichnet, die ihr zugestandene geringe tägliche Übungszeit von einer halben Stunde heimlich zu überschreiten und jenen ‚unergiebigen Hobbys zu frönen‘, die den ‚Versagern der Gesellschaft‘ vorbehalten seien. Nun, sie hatte durch die Initiative ihres Klavierlehrers einen Ort gefunden, in dem sie sich freischwimmen konnte – losgelöst von dem Ressentiment der arroganten Klasse, der sie nun mal – jenseits ihres von anderen Zielen geleiteten, aufstrebenden Wollens – im Hinblick auf ihre Herkunft leider angehörte. Sie spielte nach wie vor regelmäßig und es bereitete ihr ein großes Vergnügen, zur Gestaltung der Messen Fugen-Expositionen zu entwerfen, am thematischen Material der Gemeindelieder orientiert. Die Konstruktion der polyphonen Form kam ihr als Mathematikerin entgegen.

In die Gedanken an ihre durchaus die Gegenwart konstituierende und somit geglückte und bewältigte Vergangenheit versunken, war sie nach gemächlichem, aber zielstrebigem Wandern zwischen den Welten in der Kirche angekommen, in der die stets sorgsam gewartete und inzwischen restaurierte und um einige Register bereicherte Kleis-Orgel geradezu darauf zu warten schien, dass man ihr in allmählicher Steigerung die Flöten- und schlussendlich die Mixtur- und auch die Trompetenklänge entlockt durch eine Komposition, die im West-Flügel architektonischer Baukunst das ‚Daimonion‘ ihres Ursprungs nicht verschweigen muss. Fugen aus Max Regers Choral-Phantasien zum Klingen zu bringen ließ wahrlich das sintflutartig durchflutete ‚Sinnfeld‘ finanzieller und merkantiler, ins Monströse verabsolutierter Lebensfragen hinabsinken in

die Nichtigkeit. Die Man-Existenz wurde für kostbare Einheiten ge-
borgter Lebenszeit dem Vergessen anheimgegeben und das Wesen
‚Mensch‘ zum Erglühen gebracht – zu wachem und erfülltem Leben
berufen – durfte die Kostbarkeit des Lebens erfahren: jene vom Bewusstsein erstrebte und von der Seele ersehnte Koinzidenz von ‚Ver-
selbstung‘ und ‚Entselbstigung‘[1] zugleich – ja – der Mensch durfte dort
ganz Mensch sein, ‚wo er spielt‘[2].

2

Als Susanne am andern Morgen erwachte, gewann ihr Vorhaben im Hinblick auf ihre Tagesgestaltung mehr und mehr an Konturen. Sie beschloss zunächst einmal eine differenzierte Gliederung ihrer Dissertation näher ins Auge zu fassen. Der Nachmittag bestand bereits aus einem festgefügten Programmpunkt, dem sie mit Vorfreude schon entgegenfieberte. Sie war die jüngste der Teilnehmer eines Arbeitskreises, aus Studenten höherer Semester und aus Doktoranden bestehend – einer interdisziplinär zusammengewürfelten Gruppe – deren Wissen, Einblick, Methodik, jeweils die eigenen Fachgebiete betreffend, im Hinblick auf die Zielsetzung des Kreises als wesentliche Voraussetzung zu gelten schien.

Organisator und Leiter dieser Gruppe war ein Doktorand des Fachbereichs Biologie, der sich insbesondere mit Forschungen der Neurobiologie beschäftigt hatte und zugleich ein besonderes Interesse an der zukunftsweisenden Disziplin der Bewusstseinsforschung zeigte. Direkt nach Eintritt in diesen Zirkel war Susanne das Vergnügen zuteil geworden, mit Konstantin Amberg, der als Führungstalent der Gestaltung von Gruppenprozessen keineswegs unbekannt war, im Anschluss an die offizielle Sitzung das Gespräch fortzusetzen. Sie konnte sich trotz ihrer Erinnerung an viele interessante Gesprächspartner im Verlauf ihres Studiums des Eindrucks nicht erwehren, dass ein solches Gegenüber nicht so schnell seinesgleichen finden könne.

Im Anschluss an den offiziellen Teil des heutigen Tages hatte ein Teil der Gruppe beschlossen, bei den zu erwartenden sommerlichen Temperaturen den Abend gemeinsam an einer etwas abgelegenen, aber für gute Schwimmer geeigneten Stelle des Bodensees zu verbringen und dort bei sportlicher Fitness, eingebettet in das Wirken der Natur, den Tag ausklingen zu lassen.

Der Tag ging schneller seiner Neige entgegen, als sie es erwartet hatte. Noch sah sie sich – in die interessante Diskussion der Gruppe hineingenommen – agieren, als sie auch schon im unaufhörlichen Weiterschreiten der Zeit gefühlte Nanosekunden später ihre Haut zu spüren glaubte, durchfeuchtet – durchnässt und entspannt ihren Körper im See treibend, den Ausblick auf die herrliche Landschaft in der Abendsonne genießend. Silbrig gleißende Wellen schienen in der Gefolgschaft von Tauchgängen die schmale Gestalt zu überfluten. Ummantelt und bald schon umhüllt von dem wohltuenden Nass genoss sie die abendliche Entspannung – ganz eingetaucht in das lebensspendende Element des Ursprungs. Sie tauchte auf und schwamm ein Stück in Richtung Ufer, entdeckte auch schon, dass die meisten Gruppen-Mitglieder – offensichtlich am Ende einer im Fluge verstrichenen Zeiteinheit – ihren sportlichen Aktionen wohl schon den Rücken gekehrt haben mussten. Dennoch: einen letzten Tauchgang wollte sie sich noch gönnen.

Mit elastischen Bewegungen glitt sie in die Tiefe und aalte sich wohlig in der Kühle des Sees, spürte aber plötzlich etwas an ihrem Körper kleben, ja, da, gerade als sie ein wenig tiefer getaucht war: einhüllend, festkettend, bindend. Sie versuchte sich aus jenem undefinierbaren Dickicht zu befreien – was ihr aber nicht gelang. Zur Aktion drängende Bewegungen in vergeblichem Ringen nach Freiheit zogen sie mehr und mehr in den Bann der feuchten Umklammerung, aus der kein Entrinnen mehr möglich schien. Nur mit großer Anstrengung konnte sie noch den Atem anhalten.

Im Zustand getrübten Bewusstseins spürte sie plötzlich etwas an ihrem Körper, das sich anders anfühlte als die hinabziehenden Schlingpflanzen oder was auch immer das war. Dieses ganz andere war sanft und dennoch fest, zupackend, voller energiereicher Bewegung, voller Antrieb, befreiend, tröstlich und letztlich der ersehnten Oberfläche des Sees entgegenströmend.

Sie vernahm das pulsierende Pochen ihres Herzens, spürte den Herzschlag, das Leben in dem Wesen gegenüber, das sie in fester Umklammerung heraus aus dem See zog, mit ausgebreiteten Armen ans sichere Ufer trug. Sie fühlte sich geborgen. Sie blickte auf einen athletisch gebauten Körper, sah verschwommen ein in lichtem Blond umflutetes Haupt und ahnte markante Gesichtszüge – ja, sie kannte diese Züge. Es war – Konstantin! – Ja, sie war gerettet – ja – gerettet und geborgen – geborgen in den Armen eines Menschen, den sie bewunderte, zu dem sie aufschauen konnte.

Sie blickte ihm mit weit geöffneten Augen entgegen. Er strich ihr das durchnässte Haar aus der Stirn. Sie schloss ihre Augen und spürte jeder Aktion, jedem Sekundenbruchteil des Hautkontaktes nach, wobei die durchaus funktional zu deutende Beruhigungstaktik durch ihr Gegenüber von der in Streicheleinheiten sich äußernden Bekundung erwünschter seelischer Nähe nicht zu unterscheiden war. Sie sehnte die zeitliche Ausdehnung, das Verharren in diesem Zustand herbei zu immerwährender Verdichtung der gelebten Augenblicke.

Sie schwelgte in Seligkeit. Sie fühlte sich angenommen, fühlte den seligen Rausch des Angenommen-Seins über das temporale Limit erlebter Beglückung hinaus. Sie schwebte in grenzbefreiter Loslösung festgefügter Bewusstseinszentrierung hin zu neuen, unbetretenen Ufern ihr bisher unbekannter Seelenlandschaft. Sie fühlte die besänftigende Stimme wie ein Fluidum aus einer ungeahnten Welt ihre Seele ergreifen.

„Du bist in Ufernähe etwas zu tief getaucht und hast dich im Nixenkraut verfangen – genauer in der najas intermedia, die an unsrem heimatlichen Bodensee wie in gewissen Schweizer Seen zwei bis drei Meter unter dem Meeresspiegel – vor allem in Ufernähe – zu finden ist und etwas tiefer dann an Dichte zunimmt."

Der Biologe hatte gesprochen. Die rationale Darstellung dessen, was sich naheliegend als Auslöser der Geschehnisse im See herauskristallisierte, vermochte das daraufhin aktivierte innerseelische Geschehen nicht im Geringsten zu trüben. ‚Im Nixenkraut verfangen' – diese Worte setzten bei ihr Assoziationen frei, gestalteten sich zur Reflexion, zum Erdenken, Erdichten oder mehr noch Erfühlen und Erahnen symbolischer Zusammenhänge. Ist sie nicht bereits unter der Oberfläche des Sees zur Gefangenen ihrer eigenen, innerseelisch bisher ausgeblendeten, unbekannten Wirklichkeit geworden?

Die ihre Gesichtshaut, ihre Stirn, ihre Wangen liebkosenden Hände ließen ihren Seelenflügel in wunderbarem Schauer erbeben. Nein – das war nicht die Welt, die sie kannte. Es war absolutes Neuland, losgelöst von dem, was bisher ihre Existenz bestimmt hatte. Konstantin hob die schmale Gestalt auf beiden Armen in angemessene Transport-Position und trug sie behutsam in Richtung seines fahrbaren Untersatzes. Susannes Wagen wurde zunächst einmal auf dem kleinen Parkplatz am See zurückgelassen. Seine kleine Wohnung war ganz in der Nähe und er schlug vor, zur Erholung und Verarbeitung des Geschehenen eine Pause einzulegen. Susanne bestand allerdings darauf, den kleinen Weg zum Haus und zum ersten Stock auf der schmalen Treppe selbständig zu bewerkstelligen. Oben angekommen, kramte sie zunächst ihr Handy aus der Strandtasche, um – ein paar Ausreden mehr oder weniger erfindend – ihre möglicherweise drastische Verspätung zu Hause zu erklären und die Gemüter nicht zu beunruhigen. Der Vorfall am See wurde natürlich mit keiner Silbe zur Sprache gebracht.

Konstantin ertüchtigte sich beim Anrichten einer kleinen Abendmahlzeit und entdeckte freudestrahlend, dass er noch einiges an schmackhaft vielfältigen Variationen diverser Eissorten im Kühlfach gelagert hatte, an denen sich beide dann herzhaft ergötzten. Debussys subtile Klangfarben im Hintergrund verliehen der Abendstimmung ihren besonderen synästhetischen Reiz.

Allerdings bestand ihr vom Forscherehrgeiz in jeder Hinsicht beflügeltes Gegenüber im Verlauf des Gesprächs darauf, in Erfahrung zu bringen, aus welchem Grund Susanne die kleine Panne am See mit keinem Wort bei ihren Eltern erwähnt hatte.

„Ach, weißt du, am liebsten möchte ich jubeln", so strömte es unbedacht aus ihr hervor, „am liebsten möchte ich jetzt sofort zu Hause meinen strahlenden Helden und Lebensretter präsentieren. Aber die Dinge liegen leider nicht so einfach. Meine Eltern setzen alles daran, um jeden Kommilitonen, jeden Freund, der für ihre Pläne zur Gefahr werden könnte, aus meiner Nähe zu verbannen, um mich letztendlich dem gierigen Rachen eines ungeliebten Mannes zum Fraß vorzuwerfen, dem ich mal vor zwanzig Jahren versprochen worden war."

Einige Sekunden nach diesem unbeabsichtigten Ausbruch schonungs-
loser Offenheit war ihr dieses direkte Bekenntnis bereits peinlich. Wie
konnte sie nur so mit der Tür ins Haus fallen. Sie war doch gerade erst
Konstantin privat – jenseits akademischer Diskussionen – etwas näher
gekommen. Für sie freilich, in ihrem Fühlen, hatte sich eine neue Welt
eröffnet. Aber davon könne er ja schließlich nichts ahnen – so hämmerte der warnende Rückruf zur Besinnung in ihr.

„Wer um Himmels willen sind deine Eltern, dass sie ihrer Tochter gegen
Ende des zwanzigsten Jahrhunderts so etwas antun! Das spricht nicht
nur gegen alle demokratischen Prinzipien, es ist ein Verstoß gegen die
Menschenrechte."

„Das ist schon klar. Aber die Bedingungen, unter denen diese anscheinend irreversible Einstellung zurechtgebogen und als ‚Recht' suggeriert
wurde, kann nur aus der Perspektive des Insiders nachvollzogen werden. Meine Eltern wurden in den Sechzigern genauso in ihre Ehe gedrängt wie es wohl mir in meiner näheren Zukunft widerfahren wird –
als der unerwünschten Tochter des Hauses ‚Hofer', der ein in überfälli-
ger Weise antiquiertes Verständnis von Pflichterfüllung als oberstes
Prinzip mit der Muttermilch einverleibt wurde."

„Moment mal – natürlich – Susanne Hofer – du bist die Tochter aus
dieser Immobilien-Branche."

„Ich kann nur sagen, leider."

„Armes, reiches Mädchen. – Um deine Freiheit würde ich kämpfen –
zum einen prinzipiell – aus Notwehr gegen die Verletzung der Rechte
des Individuums schlechthin – und zum andern, weil mir an dir liegt, an
deinem Wohlbefinden, am Vollzug eines glücklichen Lebens."

Ihr begeisterter, ihr gläubiger, ihr sehnsuchtsvoller Blick, dessen sie sich
nicht erwehren konnte, bewog ihn dazu, die zusehends erzitternde Gestalt zu sich heranzuziehen und ihr Gesicht mit Küssen zu überdecken
– anfangs vorsichtig und behutsam, dann ergreifend und leidenschaft-
lich, so dass sie sich schon in einem Taumel befand – allmählich sich
verdichtenden Schlingen einer unentrinnbaren Zugkraft gleich – und
durch ein Verwoben-Sein in beseligende Glückszustände das Rasen der

Pulsfrequenz ihr gewahr wurde.

Sie wusste: jetzt würde es an der Zeit sein, jetzt war der Zeitpunkt zum Abschiednehmen von diesem Abend und seinen unwiederbringlichen Eindrücken gekommen, wenn nicht gar schon fast überschritten.

Beide lösten sich schweren Herzens aus ihrer Umarmung und wussten nicht, ob dies der Auftakt war zu Großem und Wunderbarem oder aber zu Verhängnisvollem, das sie letztlich nicht abwenden konnten.

3

E s begann sich eine wunderbare Freundschaft zwischen den beiden jungen Menschen zu entwickeln, die keineswegs nur im Austausch von Gedanken einem sensiblen Knospen entgegentrieb.

Susanne waren Glück und Lebensfreude, aber auch Angst und Sorge aus ihren Zügen abzulesen. Sie war von permanenter Vorsicht zu ständigem Nachprüfen veranlasst, von der Furcht getrieben, man könne ihr nachspionieren und das kostbare Geschenk dessen, was beiden durch diese Beziehung gegeben wurde, mit Gewalt zerbrechen.

Konstantin, in einer dem Liberalismus zugeneigten Akademiker-Familie aufgewachsen, konnte diese Sorge nicht nachvollziehen. Für Susanne bedeutete dieses Angenommen-Sein durch einen Menschen, die Erfahrung des Geliebt-Werdens und Lieben-Dürfens mehr als sie sich je erträumt hatte.

Einst hatte sie in Erinnerung an ihre verstorbene Tante, an der sie sehr hing, eine Kette mit einem zerbrochenen Schmuckstein – man konnte deutlich die eingravierte Yin-Yang-Symbolik erkennen – in einem vergoldeten Kästchen aufgehoben und sorgsam im letzten Winkel ihrer Schreibtischschublade versteckt.

Gedrängt von der Furcht, man könne – trotz aller Verstellungskunst, zu Hause unbedacht nach außen dringende Elemente eines seelischen Wandels zu verschleiern – ihren geheimen ‚Machenschaften‘ auch nur annähernd auf die Schliche kommen, beschloss sie, den ‚Yin‘ symbolisierenden Teil des Schmucksteins in der dazu gehörigen kleinen Schatulle Konstantin zuzueignen. Sie spürte, dass irgendetwas im Dunkeln lag, das sie zu solcher Aktion trieb.

Am Nachmittag waren beide in der Stadtkirche verabredet und trafen sich pünktlich am Westportal. Susanne führte den Freund auf den schmalen Stiegen im Innern des Westflügels nach oben auf die Empore und stellte die in einigem Abstand hinter emporragenden Orgelpfeifen überraschend disponierte Sitzbank der Kleis-Orgel in die für sie geeignete Position.

„Bist du etwa mit der Kunst des Orgelspiels vertraut?", vernahm sie den Ausdruck von Überraschung in der Stimme ihr zur Linken.

„Ich werde dir eine Fuge aus einem Werk von Max Reger vorspielen, die für mich einen hohen symbolischen Stellenwert hat: das ‚Gloria sei dir gesungen' – die dritte Strophe aus der Choralphantasie ‚Wachet auf, ruft uns die Stimme', deren Text in seinem Inhalt deutliche Bezüge zum Hohenlied aufweist. Der Cantus firmus ist durch die adventliche Bach-Kantate allgemein bekannt."

„O ja", erwiderte Konstantin, „diese Kantate und auch das damit verbundene Kirchenlied sind mir sehr wohl im Hinblick auf den zugrundeliegenden Liedtext wie auch durch die ergreifende musikalische Gestaltung in Erinnerung."

Susanne stellte zunächst die von ihr vorgesehene Registrierung ein, die allerdings im Laufe des Spiels eine zunehmende Änderung erfuhr.

Das Fugenthema, das in seiner bewegten Figuration des Cantus firmus an das aufsteigende Dreiklangsmotiv des Kirchenchorals erinnerte, und die lichtklare Helligkeit seiner Beantwortung in der Oberstimme erklangen in der klaren Blockflöten- und Vox-coelestis-Registrierung des Oberwerks. Der einsetzende Tenor und die später vernehmbare Bass-Stimme im Pedal schufen eine tragende Bodenständigkeit, wobei die permanente und kaum zum Stillstand gelangende Sechzehntel-Bewegung einzelner Stimmen sich durch die gesamte Fugen-Exposition zog und den Hörer in die lichten Höhen einer glasklaren polyphonen Struktur hinanzog, deren Aufbruch in Richtung romantischer Alterationsharmonik bereits am Anfang des Werkes aufzuleuchten begann. Durch Wechsel des Manuals und zunehmend verstärkte Registrierung erwuchs im Laufe der kontrapunktischen Verdichtung die in latente eschatologische Visionen gehüllte Ausgangsthematik zum Forte und bald zum eindringlichen Fortissimo, das aber weiterhin seiner Steigerung entgegenstrebte. Ein im Notenblatt sichtbares, pointiert dreimal verzeichnetes f wurde endlich mit dem Einsatz des im Bass in seiner Grundform nicht variierten Cantus firmus erreicht: ‚Gloria sei dir gesungen'. – Die linke Hand übernahm die nun oktavierte Wiederholung der Liedzeile. Mixtur- und Trompetenregister entfalteten ihre Leuchtkraft. Die permanente Bewegung der Pedalstimme neben den an manchen Stellen in homophoner Weise voll erklingenden Akkorden im Hauptwerk schufen eine bemerkenswerte Steigerung, verbunden mit der Erinnerung an jene Textstelle des Chorals: ‚Kein Aug hat je gespürt, kein Ohr hat mehr gehört ...[3]'. Das erdnahe und bodenständige Doppelpedal wurde im erwarteten Organo pleno dann zur festlichen Beharrlichkeit, die Liedzeile des feierlichen ‚Halleluja für und für'[4] zum Vorgriff eschatologischer Erfahrung.

Schweigen herrschte im hohen Raum des Kirchenschiffs. Konstantin sprach kein Wort. Seine Tränen in den Augen sprachen Bände.

Sie fassten sich an den Händen, gingen zum Parkplatz und fuhren Konstantins behaglichem Zuhause entgegen. Sie fielen sich schweigend in die Arme. „Eine begnadete Wissenschaftlerin, in der mit jeder Phase ihres Gebunden-Seins ans Hier und Jetzt die verborgene Künstlerseele waltet", lauteten die Worte des Freundes, mit denen er schließlich das Schweigen brach.

„... die ihrem Erretter ihre weitere Existenz im Hier und Jetzt-sein-Dürfen verdankt", ergänzte sie schlicht, aber bestimmt. Sie spürte seinen Arm auf ihrer Schulter ruhen und hätte in dieser beseligenden Position des Angenommen-Seins, des Beschützt-Werdens unbegrenzte Zeit verharren mögen. Aber irgendetwas noch nicht Definierbares, Bedrohliches beunruhigte sie, etwas, das mit dem harten, geschäftsmäßig unterkühlten, entpersönlichten und irgendwie Menschen verachtenden Umfeld, das sie zwangsweise ihr Zuhause zu nennen verpflichtet war, zu tun hatte.

Ein eigentümliches Innehalten, eine innerlich mahnende Stimme, eine Warnung zur Vorsicht drängte sie dazu, den ereignisreichen Tag in einer letzten Umarmung verklingen zu lassen. Sie überreichte ihm das Schmuckkästchen mit dem gebrochenen Stein, der deutlich sich abzeichnenden Yin-Symbolik, und sprach davon, dass die dazu gehörige fehlende Hälfte in einem geheimen Winkel, zu dem sich hoffentlich keiner bei ihr zu Hause Zugang erdreiste, aufbewahrt werde.

„Ich werde den Schatz hüten und beschützen", so lauteten seine Worte, bevor sie voneinander Abschied nahmen.

4

A m nächsten Morgen nahm Susanne in Eile ein bescheidenes Mini-Frühstück zu sich; sie war in Gedanken bereits auf dem Weg zu dem Treffpunkt, an dem sie mit einer Kleingruppe unentwegter Forscher und Knobler aus der Theoretischen Physik verabredet war. Zwei Verfechter der String-Theorie durften dabei auch nicht fehlen. Auch Susanne hatte sich durch ihr vertieftes Mathematikstudium für manche Physikstudenten unentbehrlich gemacht; vor allem den Anfangssemestern hatte sie stets hilfreich unter die Arme gegriffen.

Sie schickte sich an zum Gehen, wurde aber aufgehalten, ja beinahe festgehalten. Ihre Mutter lief wie von einer Tarantel gestochen den Korridor entlang und stellte sich ihr in den Weg, versuchte sie mit beiden Armen zum Stillstand zu bewegen.

„Ich habe es eilig, habe heute viel vor, mein Tag ist verplant", reagierte Susanne.

„Das kann ich mit denken", zischte die sich als Chefin aufspielende Großbürgerliche und begann die Tochter mit Schimpf-Paraden zu attackieren, ihr Groß-Repertoire allzu antiquierter Nähkörbchen zu öffnen und sie mit verstaubten Floskeln von möglicherweise zu Fallstricken der Bedrohlichkeit entartenden Fäden zu umgürten, um ihr Einhalt zu gebieten.

„Kannst du mal konkret werden; ich weiß gar nicht, wovon du redest", entgegnete Susanne in einer gespielten Gelassenheit.

„Tu doch nicht so scheinheilig", schallte ihr die schrille Stimme entgegen. „Du bist gesehen worden, wie du dich mit irgendeinem dahergelaufenen Studenten oder was auch immer herumgetrieben hast."

„Dass man mir jetzt auch noch nachspioniert, halte ich, gemessen am Zahn der Zeit, für äußerst witzig. – Ja, ich habe mit dem Leiter unsrer interdisziplinären Gesprächsgruppe, die ich für die Weiterentwicklung meiner Dissertation dringend benötige, zusammengearbeitet. Aber so etwas dürfte dich ja wohl herzlich wenig interessieren."

„So, zusammenarbeiten nennt man das jetzt. Wie mir zugetragen wurde, sah das Ganze viel eher nach einer persönlichen Beziehung aus."

„Na, und wenn es denn so wäre? Ich bin schließlich dreiundzwanzig und keine dreizehn. Heutzutage lassen sich noch nicht mal mehr Kinder bezüglich der Gestaltung ihres Privatlebens Vorschriften machen."

„Das spielt keine Rolle hier. Du bist ja nicht irgendjemand, du bist die zukünftige Chefin eines Unternehmens mit einem dazu passenden, vermögenden und bereits in der Firma eingearbeiteten Mann an deiner Seite – deinem Verlobten."

„Ich weiß nichts von einem Verlobten. Aber falls du damit an den Flachs anspielst, diesen arroganten Schnösel und Möchtegern-Aufsteiger, so kannst du's vergessen. Eher lande ich im Kloster als bei so einem im Ehebett."

„Du bist in äußerst lukrative Familienverhältnisse hineingeboren. Du hast den Erwartungen zu entsprechen, die man an dich heranträgt."

„Was ist denn hier los? Was ist denn das für ein Lärm schon am frühen Morgen! – Na ja, ein bisschen was hab ich ja mitgehört, es war ja wohl unüberhörbar. Lass doch das Kind sich die Hörner abstoßen. Die kommt bestimmt wieder zur Vernunft und lernt dann von selbst den Wert des Besitztums schätzen", tönte eine sonore männliche Stimme.

„Dass du so was unterstützen kannst! Was glaubst du, was das dem Ruf der Firma schadet! Ein Flittchen als Firmenchefin", schnitt ihm keifend die Seniorin das Wort ab.

Susanne konnte sich ihr Vorhaben, ihr verabredetes Treffen mit den Doktoranden und Mitarbeitern des Instituts für Theoretische Physik, einstweilen abschminken. Sie hinterließ eine in Eile formulierte Nachricht per Telefon und sprach ihr Bedauern bezüglich ihrer überraschenden, keineswegs vorhersehbaren Absage aus.

Um des lieben Friedens willen und um ihr Gewissen zu beruhigen – war sie doch nicht das erwünschte Kind ihrer auf Pflichtehe getrimmten Eltern – vertiefte sie sich in diverse Akten, die sie auf Grund gewisser wirtschaftsmathematischer Kenntnisse, über die sie verfügte, verhältnismäßig schnell zu bearbeiten befähigt war – wenn auch Arbeit dieser Art ihr nicht gerade innere Befriedigung verschaffte.

Am nächsten Tag versuchte sie die für ihre Arbeit wichtigsten Informationen, an die sie durch ihre Abwesenheit nicht herangekommen war, sich im Nachhinein zu beschaffen, um diese für die Bewältigung eines kniffligen, aber äußerst interessanten Teils ihrer Dissertation in der Vorplanung zunächst einmal entsprechend einzuordnen.

Schon ging dieser Tag seiner Neige entgegen. Schon blickte sie mit Hoffnung, Zuversicht und großer Freude dem kommenden Morgen entgegen – dem Tag der interdisziplinären Veranstaltung unter der Leitung von Konstantin Amberg. Sie konnte ihn wiedersehen – ihn, ihren Lebensretter, ihren Geliebten, ihren besten Freund – das gab ihr Auftrieb – auch wenn noch so vieles in ihrem Leben im Argen lag.

Der nächste Morgen verging wie im Flug. Susanne hatte eine ausführliche Einleitung zu ihrer Dissertation verfasst und sich auf Recherche begeben bezüglich einiger detaillierter Aspekte des geplanten ersten Teils. Eine differenzierte Zuordnung des gesammelten Materials musste allerdings zunächst vertagt werden. Die Vorfreude auf den interdisziplinären Gesprächskreis blitzte in jenem Universum, das sich da Bewusstsein nennt, auf wie eine erstrahlende Supernova und ließ die an physiologische Bedingungen gebundene Existenz in der Erscheinung des jungen weiblichen Wesens von Kopf bis Fuß erglühen, leuchten, erzittern.

Sie suchte sich an dem mit Assam und aromatisiertem grünen Tee nebst Bechern bestückten Tisch neben schon anwesenden Kommilitonen ihren Platz und harrte der Ereignisse – dem Ereignishorizont seiner Ankunft wie gebannt entgegen.

Aber was geschah? – Nichts – nada. Kein Öffnen der Tür, kein Laut der erwarteten Stimme wurde hörbar. Man wartete und wartete.

Nach etwa fünfzehn Minuten Wartezeit begann sich das Gespräch – leider fern von Leiter – zu verselbständigen. Susanne – tief enttäuscht und in ihrem Herzen voller Sehnen – konnte darauf sich keinen Reim machen. Still und in sich gekehrt verließ sie am Ende der Veranstaltung den Raum.

Plötzlich entdeckte sie, am Ende des Korridors gerade noch sichtbar, ein ungern gesehenes Gesicht: ihren speziellen Feind. Sie fragte sich, was der ehemalige Informatikstudent mit diesem ungewöhnlichen Uni-Besuch bezwecken wolle. Müsste der nicht eigentlich jetzt zu dieser Zeit in der Firma sein Unwesen treiben?

Sie wusste, dass Roland Flachs nichts ohne Absicht und schon gar nichts ohne gelenktes Profit-Denken unternahm. „Na, dem haben wir endgültig die Suppe versalzen", hörte sie ihn zu einem seiner berüchtigten Handlanger sagen, den er mit sich geschleppt hatte. Sie wusste mit seiner Info, mit der Aussage verlauteter Worte, genauso wenig anzufangen wie mit dem plötzlichen Auftauchen des intriganten Wichts dort, wo man ihn am wenigsten erwartet hätte.

Sie machte sich auf den Weg nach Hause. Dort angekommen, wurde sie auch schon von der Senior-Chefin mit einer Miene gleich dem inkarnierten Cherub des Entsagungszwangs gebührlich in Empfang genommen.

„Dein Vater hat große gesundheitliche Probleme. Er wünscht, dass du nun das Heft in die Hand nimmst. Natürlich wirst du deine für die Firma in keiner Weise profitable Primiviererei aufgeben müssen. Auf dich warten jetzt wichtigere Aufgaben. Roland erwartet dein Ja-Wort und die standesamtliche Trauung ist bereits arrangiert."

Susanne stand sprachlos da ohne zu einer Antwort, einer Rührung des Entsetzens, einer irgendwie gearteten Emotion fähig zu sein. In ihr war alles leer, und diese Leere schien sich über ihr bevorstehendes Leben zu verbreiten.

„So, dann wäre das ja nun geklärt; ich werte dein Schweigen selbstverständlich als Zustimmung."

Susanne war zu kraftlos, um sich auf eine Auseinandersetzung einzulassen. Sie verschwand in ihrer kleinen Wohnung und drehte innen den Schlüssel.

Am andern Morgen saß Frau Hofer befriedigt und mit entspannter Miene am Frühstückstisch und blätterte in der Tageszeitung. Sie blieb – offensichtlich plötzlich amüsiert über irgendeine Information, irgendeine Schlagzeile möglicherweise – an etwas hängen, das ihr die Lachfalten in die verhärmten Züge hineintrieb.

„Ach, schau mal da", äußerte sie sich, „na, da kannst du ja froh sein, dass du mit dem Studenten-Zores ein für alle Mal nichts mehr zu tun hast. Hier, schau dir das an: ‚Erfolgreicher Doktorand als Lover-Boy und Zuhälter entlarvt'. – Na ja, ein Foto von dem Kerl hat man, zum Glück deutlich genug, hinzugefügt, um die Bevölkerung vor solchen Kleinganoven zu warnen."

Susanne warf uninteressiert einen Blick in die Zeitung, auf das Foto – ihr Gesicht erblasste – sie versuchte in sich jede nach außen dringende Emotion zu untergraben. – ‚Das konnte doch nur ein Missverständnis sein', so hämmerte es in ihr. – ‚Nein, man kann sich nicht so in einem Menschen täuschen. Das ergibt keinen Sinn. Nein – nicht Konstantin!' – Sofort kamen ihr die zufällig in ihren Gehörgang gerade noch eingedrungenen, für sie gestern noch unbedeutenden Worte ihres Zwangsverlobten in den Sinn. Sie erinnerte sich daran, wozu er schon in sehr jungen Jahren fähig gewesen war. Er war ein Bastler und Tüftler der übelsten Sorte. Er hatte es vermocht, mit zusammengetricksten Fotos Menschen bloßzustellen und seine Finesse prahlerisch über Anstand, über Wahrhaftigkeit zu stellen. Menschen schienen in seinen Augen als Potential seines Zerstörungstriebs gerade gut genug zu sein. Die Art, in der er mit Konkurrenten der Firma öffentlich zu Feld gezogen war, imponierte natürlich der Senior-Chefin. –

Für Susanne war der geliebte Freund eindeutig Opfer einer gemeinen Intrige geworden – durch sie, durch seinen tapferen Einsatz, der ihr Leben gerettet hatte – durch ihrer beider Freundschaft – und sie konnte ihm nicht helfen. Sie konnte ja, wie ihre missglückten und vergeblichen

Kontaktversuche am gestrigen Abend gezeigt hatten, noch nicht einmal in Erfahrung bringen, wo er sich aufhielt oder wo er festgehalten wurde.

Sie müsse zunächst an ihre eigene Rettung denken, dies sei der einzige Weg – so äußerte sich die Vernunft. Sie würde am besten ihrer Mutter nicht widersprechen, sondern dem Schein nach mitspielen.

Sie versuchte einen kühlen Kopf zu bewahren und dachte an eine Vertrauensperson der Studienstiftung, einen älteren, lebensklugen Herrn, der schon manchem unschuldig in dubiose Fänge Geratenen aus der Patsche geholfen hatte und der große Stücke von ihr hielt.

Eines stand für sie fest: Sie musste verschwinden – und zwar so, dass sie als verschollen gelten könne, unauffindbar – sodass man früher oder später die Suche nach ihr aufgebe.

5

Das Ticken der Zeituhr nahm seinen Lauf und ließ schonungslos Stunden, Tage, Monate, Jahre, Dekaden verstreichen. Der Ablauf von Nanosekunden war natürlich, wenn man am Ende einer solchen Reise angekommen war, in differenzierterer Weise messbar als beim Ausgangspunkt einer solchen ‚Zeit-Reise'. Nichts bleibt ausgeschlossen aus der Veränderung, aus dem – wie auch immer gearteten – Fortschritt.

Studentengruppen in der Nähe des Silikon Valley, die sich auf Grund ihrer geburtsrechtlichen Bezuschussung von Seiten ihrer Erzeuger von vorn herein dem elitären Status verbunden glaubten, trieben ihr Unwesen und verprassten das ihnen zugeteilte Vermögen mit Partys und ähnlichen Vergnügungssucht fördernden Unternehmungen – aber mit sonst auch nichts. Die wirklich am Fortschritt der Wissenschaft Interessierten, die geheimen Knobler und Bastler, die unentwegten Tüftler, Denker, die vor keiner noch so knifflig erscheinenden Herausforderung zurückschreckten, tummelten sich gerne bei den Informatikern, primär natürlich bei Mathematikern und Physikern und nicht zuletzt unter den Neurobiologen in der Hirnforschung, bei den erkenntnistheoretisch orientierten Bewusstseinsforschern, die dem philosophischen Denken ein neues Kolorit verliehen.

Ein namhafter Wissenschaftler aus Deutschland, schätzungsweise in den Endvierzigern, war vor einigen Jahren dem Ruf an die Stanford-Universität gefolgt. Forschungsmöglichkeiten warteten auf ihn, die er vorher nie in Erwägung gezogen hätte, warteten darauf, ergriffen zu werden. Der von ihm als Neurobiologe bevorzugte Bereich der Hirnforschung bot ihm über sein wissenschaftliches Engagement hinaus auch interdisziplinär ausgerichtete Forschungsansätze, ja sogar die Möglichkeit des Eingriffs in herrschende soziale Zustände – vor allem im Hinblick auf die immer mehr einem stattlichen Alter entgegenstrebende Bevölkerung und die damit verbundenen Folgen.

Um gründlich mögliche Bedingungen der Alzheimer-Demenz, der vaskulären Demenz und weiterer Modifikationen von Alterserkrankung zu erforschen, brauchte er über Neurobiologen und Biochemiker hinaus auch den Physiker, den Biophysiker, den Mathematiker – dringender denn je den Spezialisten im Gebiet ‚Raumstruktur von Proteinen‘, insbesondere jene Areale betreffend, die durch altersbedingt veränderten Vollzug des Calcium-Transports im Gehirn das Kurzzeitgedächtnis in zerstörender Weise beeinträchtigen.

Er wurde in seinen Gedanken plötzlich von einem Kollegen herausgerissen: „Sie hat zugesagt. Frau Professor Nadja Nix aus Zürich ist mit von der Partie."

Professor Amberg war hoch erfreut über diese Nachricht. Er kannte Forschungsbeiträge der renommierten Physikerin aus der Schweiz, die der Tüftel-Arbeit, dem Ermitteln möglicher Bedingungen, die als Auslöser von Veränderungen der Raumstruktur eines Proteins infrage kommen könnten, regelrecht verfallen schien. Ja! – Sie hatte zugesagt. Sie war gewillt, ihre Schweizer Berge für das Neuland, das sie zu betreten gedachte, zunächst einmal der Erinnerung anheim zu geben.

„Da draußen steht eine junge Dame, scheint eine Studentin höheren Semesters zu sein. Hübsch, Donnerwetter!", in dieser Weise sah sich der Kollege nochmals zur Unterbrechung von Ambergs Gedankengang genötigt, ja geradezu verpflichtet.

„Aha, na dann hat sie sich wohl im Adressaten geirrt; na ja, führ die Dame halt mal in mein Sprechzimmer."

Gesagt, getan. Amberg sah einer schlanken Gestalt mit schulterlangem, schwarzem Haar entgegen. – O ja, der Kollege hat recht – dachte er so für sich – eine wirklich elegante und gepflegte Erscheinung – aber vielleicht doch schon keine Studentin mehr, eher Assistentin, die trotz ihrer jugendlichen Ausstrahlung schon ausgereifte Züge erkennen lässt. Man könnte, wollte man ihr Alter einschätzen, auf eine etwa Achtundzwanzigjährige tippen.

Amberg war ein ausgesprochener Ästhet, wenn er einigen ausgewählten Exemplaren des weiblichen Geschlechts – wenn auch mit interesselosem Wohlgefallen – entgegenblickte. In der Tiefe seines Empfindens konnte er sich der Vergangenheit nicht entziehen. Nanu, sein Gegenüber starrte ihn mit weit geöffneten Augen an, aber offensichtlich nur für einige Sekundenbruchteile, dann schien sich die junge Dame in sachorientierter, distanzierter Weise wohl wieder voll im Griff zu haben.

„Was kann ich für Sie tun? – Entschuldigen Sie zunächst mal meine etwas zerstreute Unhöflichkeit: aber eigentlich erwarte ich einen sehr wichtigen Gast, einen Zugewinn sozusagen, eine Physikerin aus Zürich, die unsrem Team auf keinen Fall verloren gehen darf, nachdem sie sich endlich zur Mitarbeit bei uns bereit erklärt hat."

„Sie meinen doch nicht etwa Nadja Nix?", entgegnete die schöne Unbekannte, diesmal in einem Tonfall von großer Sicherheit und Selbstbestimmtheit.

„Ja, kommen Sie denn auch aus den Schweizer Bergen zu uns nach Amerika? – O ja, es muss so sein, Sie haben den leichten Akzent des Schwyzers auch im Englischen nicht ablegen können. Obwohl mir Ihre Gegenwart sehr angenehm ist, kann ich es nicht erwarten, mit jener Dame, die mir durch ihre Fachliteratur schon wie eine Vertraute erscheint, endlich Bekanntschaft zu machen."

„Das haben Sie doch gerade getan!"

Nun war es Professor Amberg, der die weit geöffneten Augen von seinem Gegenüber für einige Sekunden nicht abwenden konnte.

„Ja um Himmels willen, Sie müssten doch bereits die Vierzig überschritten haben."

„Das ist richtig. Es ist wohl eine genetisch vorteilhafte Disposition, die mich in dieser Weise begünstigt hat."

Amberg war sprachlos. Schweizer Berge, die Nähe zum heimatlich bodenständigen See, die wunderschöne anmutige Gestalt, die ihn an irgendetwas erinnerte, das er aus seinem Gedächtnis zu streichen versuchte, an etwas, das ihm entrissen worden war – so bemächtigte sich die unerhörte Wirkung jener Wahrnehmung seiner Erinnerung – eines tief gefühlten Glücks und eines jähen Schmerzes.

Sich zur Rationalität der zu bewältigenden Tagesordnung zwingend, begann Amberg mit seinem Gegenüber ein Gespräch auf interdisziplinärer Ebene, das sich bei delikater Verabreichung von Ceylon- und Assam-Tee über zwei Stunden hinzuziehen schien, die aus der subjektiven Erlebnisweise des Insiders im Nu verflogen, sodass er – was er bis dato für ausgeschlossen hielt – beinahe seinen terminierten Plan vergessen hätte.

Abschied nehmend von der unbekannten und dennoch vertrauten Schönen blickte er dem Morgen, dem Übermorgen, den Tagen, den Stunden, den Minuten entgegen.

Stunden, Tage und Wochen vergingen, die aus der beinahe schon erscheinenden Inkarnation rationalen und planvollen Gestaltungswillens einen veränderten Menschen hervorgehen ließen, der nun auch schon ansatzweise den Schmerz, den Verlust seines Lebensglücks in irgendeiner Weise zu verarbeiten imstande war.

Er verbrachte auch privat Stunden der persönlichen Erholung und Erbauung mit seiner neuen und vielversprechenden Kollegin Nadja Nix. Heute waren sie zum ersten Mal an einem landschaftlich zauberhaft gelegenen kleinen See verabredet in der Nähe von Silikon Valley.

Der Nachmittag nahte. Man beschloss die Fahrt bereits gemeinsam zu unternehmen und hatte verschiedene Utensilien, die Schwimmbrille nicht zu vergessen, im Kofferraum verstaut. Los ging's, und beide wurden schon bald vom Zauber einer idyllischen Abendlandschaft empfangen. Der See brillierte in ruhiger Spiegelung und lud in seiner geklärten Tiefe zu gefahrfreien Tauchgängen ein.

Nadja war die erste, die sich in den Wassern, welche die Abendsonne spiegelten, zu aalen begann. Konstantin folgte, spürte ihre Nähe, blickte auf ihren Körper und wurde von jäher Wehmut nicht zugelassenen Erinnerns ergriffen. Durfte er diese Frau lieben? – Er liebte doch bereits eine Frau so tief und innig, dass die Reminiszenz des Unverlöschlichen jede andere Beziehung irgendwann überwuchern würde.

Nach beschwerdefreien Tauchgängen, jenem Eingehüllt-Sein in den Ursprung des feuchten Elements, in des Lebens Leichte entlassen und immer noch die Tiefe des Sees und die Leuchtkraft des abendgeblauten Himmels spürend – starteten sie ihren Rückweg. Nadja war an der Reihe, Konstantin in ihr neues, wohnlich individuell und dennoch anheimelnd ausgestattetes Zuhause zu führen.

Was war das? Was stand da in der Ecke? – so rüttelte der schleichende Schatten der Vergangenheit an Konstantins verschütteten Krypten, die den Schatz der Kostbarkeit hüteten.

„Mein Gott! – O ja, das ist ja möglich, das ist erklärbar. Mathematiker und Physiker haben ja den heißen Draht zur Polyphonie, zum Fugenbau, zur Orgel", so redete er zu sich selbst oder zu seinem Gegenüber – er wusste es nicht genau. Er hörte wie in Trance sein Gegenüber sagen: „Habe mir hier ein digitales Instrument mit drei Manualen und Pedal zugelegt, das bezüglich seiner differenzierten Disposition der Pfeifenorgel in einer Kathedrale durchaus nahe kommt."

„Wäre es unverschämt, wenn ich um eine Kostprobe bitten dürfte?" Die Bitte stand im Raum.

„O ja, bin schon dabei, mir Noten und Registrierung zurechtzulegen."

Konstantin wollte, ja er musste es wissen, wie das unvergängliche Erlebnis, das Spiel Susannes, das Andenken, das ihm über die Jahre zu unauslöschlicher Seelen-Nahrung geworden war, jetzt in ihm nachhallen würde. Ja, die Vergangenheit würde vielleicht doch alles, was sich zwischen der schönen Nadja Nix und ihm als Bindungselement herauskristallisiert hat, wieder in den Schatten stellen. Aber das musste er riskieren.

Nadja setzte zum Spiel an. Merkwürdig, da war doch etwas, das er kannte. Er erinnerte sich an die filigrane Registrierung eines bewegten Fugenthemas, an die Beantwortung desselben wie oben aus der Höhe, an die allmähliche Steigerung durch Manual- und Registerwechsel bis zu immer weiter anwachsendem Crescendo, endlich zum Ertönen der Mixtur- und Trompetenklänge im aufsteigenden Dreiklang des Chorals – gespielt in der bodenständigen Pedal-Stimme – „Mein Gott! – Regers

Choralphantasie über ,Wachet auf, ruft uns die Stimme' – die Registrierung, die Spielweise – nahezu identisch mit dem, was seit über zwanzig Jahren den Tiefen der Erinnerung anheimgegeben war", so strömten Millionen, Milliarden, ein unermessliches Arsenal von Neuronen dem frontalen Kortex entgegen, und Ahnen und Fühlen erwuchsen zu Wissen.

Das Organum plenum strömte in monumentaler Aussagkraft der Festlichkeit, der Feier, der Weihe des Unaussprechlichen entgegen: ,ewig in dulci jubilo'.[5]

Die letzten in ausklingender Mehrstimmigkeit schon fast zur Ruhe der Homophonie verdichteten Akkorde spätromantischer Alterationsharmonik umschwebten den Raum – der Nachhall entwickelte seine eigene Sprache und setzte sie in Freiheit.

Ja, der Tag war nun doch gekommen, an dem das ,Halleluja für und für' der stationären Grenze sich entwinden durfte.

Er hob die schöne Gestalt heraus aus der sitzenden Haltung in der Orgelbank und zog sie an sich: „Susanne, du lebst! – Eine tiefere Seelenschicht in mir, auf die der Verstand nicht hören wollte, hat es gefühlt. Jetzt hat uns das Nixenkraut – najas intermedia im Bodensee – doch noch Glück gebracht. Ich war blind, die Bezüge nicht zu sehen, Frau Professor Nadja Nix. Änderungen waren in deinem Schicksal unvermeidlich, und nicht nur die Änderung deines Namens. So konntest du einem furchtbaren Schicksal entkommen, dem deine Familie dich ausgeliefert hätte. Auch ich musste für lange Zeit untertauchen und bin durch die Lügen und Intrigen deines Zwangsverlobten fast gescheitert.

Dank sei dem Schicksal, das über uns waltet! Vielleicht ist die latinisierte, die ursprüngliche Fassung des Choral-Endes ,Ewig in dulci jubilo' ein idealisierter, vielleicht ein metaphysisch verankerter Auftakt für unseren Neubeginn", sagte Konstantin. „Wir haben ja jetzt unser gesamtes Leben vor uns, um diese Geisteshaltung – jenseits wissenschaftlicher Verifizierbarkeit, durch unsere Gesinnung und unser Handeln in ihrer Sinnhaftigkeit zu bestätigen."

Das auf einem Marmortisch seinem Schicksal entgegenfiebernde, geöffnete Schmuckkästchen trieb nun endgültig den abgespaltenen Bruchstein mit dem eingravierten Yang-Symbol seinem unaufhebbaren beglückenden Sturz in die unio mystica entgegen und der klare Sternenhimmel bewahrte die Weihe der Nacht.

Lösungen

zu den 'Knobeleien im Vers-Mantel'

1) Einladung zum Weihnachtskonzert
   21 (oct) = 17 (dec) (21 oktal entspricht der 17 dezimal)
2) Eine ungeahnte Verspätung
   9 (dec) = 11 (oct) (9 dezimal entspricht der 11 oktal)
3) Der Rivale
   Hausnummer 39 entspricht der binär codierten 100111
4) In großer Verlegenheit
   32 dezimal = 100000 binär = 40 oktal
5) Lydia in der Klemme
   40 dezimal = 50 oktal = 101000 binär
6) Das noble Angebot
   10000010000 entspricht der dezimalen 1040
7) Ach, diese Zahlen!
   61 oktal = 49 dezimal = 110001 binär
8) Doppelte Verschlüsselung
   11001 binär = 25 dezimal = 31 oktal
9) Ach, dies Tripel!
   15, 20, 25 (=Vielfaches v. 3,4,5) / 20,48,52 (=Vielf. v. 5,12,13)
10) Für echte Knobler
    Die Katheten betragen 8 cm und 15 cm.
11) Für findige Knobler
    Die Zahlen 17, 13, 5 können alle für das Längenmaß einer Hypotenuse stehen.
12) Die verschlüsselten Katheten
    binär 1001 = 9 dezimal / binär 1100 = 12 dezimal
    Die Hypotenuse entspricht 15 Einheiten.
    Das Zahlentripel 9, 12, 15 (= Vielf. des echten Tripels 3, 4, 5)
13) Die verschlüsselte Hypotenuse
    binär 11010 = dezimal 26
    Die Hypotenuse des Zahlentripels entspricht 26 Einheiten. Die Katheten entsprechen 10 und 24 Einheiten.
14) Die Kopfnuss für Knobler und Tüftler
    Die 25 ist zwischen den Zahlen 20 und 30 die einzige, die bei zwei Zahlentripeln Hypotenuse ist.
    unechtes Tripel: 15, 20, 25 'echtes Tripel': 7, 24, 25

*

* *

* *

* *

*

Frei-Schwimmer

Entstehungsjahr

Verse, Sinnsprüche und Reflexionen 2011

Linter-Impressionen 2004

Impulse 2011

Witzelein – und das im Reim 2013

Knobeleien im Vers-Mantel 2017

Novelle

Frei-Schwimmer 2017

Anmerkungen

betrifft Novelle im Hinblick auf verwendete Zitate

und Liedzeilen

[1] Korff, Geist der Goethezeit, II. Teil, Klassik
Koehler und Amelang, Leipzig, 1966, S. 38
[2] Schiller, Über die ästhetische Erziehung des Menschen
Reclam Verlag, Stuttgart, 2000
[3) und 4)] Die Christliche Liederdatenbank (Das Ende von Str. 3 ist auch
in den neueren evangelischen und katholischen Gesangbüchern
in dieser Fassung enthalten.)
[5] Die Schlusszeile der dritten Strophe ‚Gloria sei dir gesungen‘,
die in der Bach-Kantate ‚Wachet auf, ruft uns die Stimme‘ (BWV
140) noch die ursprüngliche Fassung ‚Ewig in dulci jubilo‘ enthält, geht auf Philipp Nicolai zurück und ist im Anhang seines
Werkes ‚Freudenspiegel des ewigen Lebens‘ (1599) enthalten.

LITERATURVERZEICHNIS

zur Novelle ‚Frei-Schwimmer‘

De la Motte, Diether, **Kontrapunkt**, Kassel 1981, Bärenreiter-Verlag

Gabriel, Markus, **Ich ist nicht Gehirn**, Berlin, 2015

Goethe, Johann Wolfgang von, **Faust und Urfaust**, Stuttgart, 1966, Kröner-Verlag

Grabner, Hermann, **Handbuch der funktionellen Harmonielehre**, Regensburg, 1974

Korff, H. A., **Geist der Goethezeit, II. Teil**, Klassik, Leipzig, 1966, Koehler und Amelang-Verlag

Metzinger, Thomas, **Der Ego Tunnel**, bloomsbury Taschenbuch, 2. Auflage, 2012

Nicolai, Philipp, **Freudenspiegel des ewigen Lebens**, Halle, Verlag von Richard Mühlmann, 1854

Reger, Max, **Wachet auf, ruft uns die Stimme**, Phantasie über den Choral für Orgel, Opus 52,2, Universal Edition NO 1248

Riemann, **Musiklexikon** (Hrsg. Wilibald Gurlitt), Mainz, 1967, Schott

Schiller, Friedrich, **Über die ästhetische Erziehung des Menschen**, Stuttgart, 2000, Reclam

Singh, Simon, **Homers letzter Satz**, München, 2015, dtv

LITERATURVERZEICHNIS

zur Thematik ‚Humoreske und Witz'

(Vgl. ‚Witzelein – und das im Reim')

Lach doch wieder!
Geschichten, Anekdoten, Gedichte und Witze,
zusammengestellt von Helga Dick und Lutz Wolff,
Deutscher Taschenbuch Verlag, 1993, 18. Aufl. 2011

Lach mit!
Das superdicke Witze-Buch, Erwin K. Bödefeld Hrsg.,
Knaur Taschenbuch Verlag

Ein Witz für alle Fälle
Dieter F. Wackel, Knaur Taschenbuch Verlag

Hanns G. Laechter
Der große Witze-Hammer, Heyne, München,
Originalausgabe 2010

ha.ha
Witze fürs Leben, Paulus Vennebusch
2011, ars Edition GmbH München

Die Autorin studierte Philosophie, Germanistik, Musik- und Religions-
wissenschaft in Frankfurt, Köln und Bochum und promovierte zum Dr.
phil. an der Johann Wolfgang Goethe-Universität. Sie ist Gymnasialleh-
rerin a. D.

Aus der Feder von Undine Leverkuehn stammen auch die nachfolgend
vorgestellten Bücher; gleichfalls erschienen im tredition Verlag:

Zur Novelle „**Im Labyrinth der Zeit**":

Anscheinend hat die körperlich und seelisch jung gebliebene, erfolgreiche Wissenschaftlerin Burga Freienfels ihr Leben in jeder Hinsicht gemeistert. Eine ihrem Alter gemäß zu erwartende Souveränität wird jedoch spätestens mit dem plötzlichen Erscheinen ihres alten Freundes Damon Abarrax infrage gestellt. Wer ist er? – Wer ist sie wirklich? – Wohin führt die ungewöhnliche Reise in den Tiefenzustand der Seele, der von beiden Besitz ergreift? – Leben Gegensätze in ihr, die unüberwindbar sind?

ISBN Taschenbuch: 978-3-7345-6607-3

ISBN Hardcover: 978-3-7345-6608-0

ISBN eBook: 978-3-7345-6609-7

Undine Leverkuehn

*Für Weltenbummler
und Lebenskünstler*

Lyrik

Heitere, freche, nachdenklich stimmende Lyrik „**Für Weltenbummler und Lebenskünstler**"

Der erste Teil des Buches enthält vorwiegend Landschaftsgedichte
und Gedankenlyrik (u. a. auch Reflexionen über ‚Die fünf Beleidi-
gungen der Menschheit'). Der zweite Teil besteht aus Gedichten
auf der Grundlage von Fabeln (von Aesop bis Rudolf Kirsten). Hu-
moresken und Witzeleien sind im dritten Teil in Metrik und Reim
gesetzt und bilden den Ausklang.

ISBN Taschenbuch: 978-3-7345-9652-0

ISBN Hardcover: 978-3-7345-9653-7

ISBN eBook: 978-3-7345-9654-4

Das Vers-Rätsel-Buch

knobeln – tüfteln – denken – wissen

Ein pfiffiges Rätselbuch für jeden, der Freude an der Faszination von Wissen, Denken, Knobeln hat. In kompakten 396 Seiten kann sich hier jeder nach Herzenslust austoben …

Die Thematik in Kurzfassung: Erkenne das Versmaß! Spruchdichtung, Album-Vers, Sinnspruch, Kritik, Humor und Läster-Ei – 888 Rätsel, Quizfragen, Denkspiele zu den Bereichen Metrik, ‚Teekessel' bzw. Homonyme, Zahlenrätsel – Grammatik, Erdkunde, Kosmos, Musik, Literatur, Naturwissenschaft, Verschiedenes – Wortspiele, binärer Code, schnelles Kombinieren, Binomen, Pythagoreische Zahlentripel.

ISBN Taschenbuch: 978-3-7439-2355-3

ISBN Hardcover: 978-3-7439-2356-0

ISBN eBook: 978-3-7439-2357-7

Gedichte in verschiedenen Schattierungen
Gedankenlyrik, Humoreske, Knobelei im Vers-Mantel

Der kleine unterhaltsame Begleiter für jede Reise, ein „Pausenfüller" zwischen zwei Terminen, der private Trainer fürs Hirnjogging oder die unterhaltsame Lektüre zum Feierabend: Gedichte in verschiedenen Schattierungen bietet Lyrik, Verse, Rätsel, Knobeleien und ist unter allen Umständen ein anregender wie lustiger Zeitvertreib, der Spaß bereitet.
Gedankenlyrik, Reflexion, Kritik und Läster-Ei, Gedichte um die Jahreswende, Der Witz im stolzen Metrum-Sitz, Kopfnüsse, Zahlenrätsel, Pythagoreische Zahlentripel … auch in diesem Buch lässt die Autorin die Köpfe „rauchen".

ISBN Taschenbuch: 978-3-7439-4652-1

ISBN Hardcover: 978-3-7439-4653-8

ISBN eBook: 978-3-7439-4654-5